U0925798

FILI
FINNISH
LITERATURE
EXCHANGE

本书由芬兰文学交流中心提供翻译资助

托芙·扬松（1914年8月9日—2001年6月27日），生于芬兰首都赫尔辛基，作家、画家、插画家，素有“世界著名奇幻文学大师”之称。她最著名的作品是“姆咪（Moomin）”系列。

扬松的父亲是一位雕塑家，母亲是一位画家。在芬兰，她的家庭属于外来的、说瑞典语的少数民族。在艺术家庭的熏陶下，她很早就表现出绘画方面的天赋：13岁时杂志刊载她的诗文及插画，15岁时为《Gram》杂志画讽刺画，那时，姆咪首次露脸。她亦曾在芬兰、瑞典及法国学习油画，并于1939年开始写作。1966年，扬松获得国际安徒生奖，这是世界儿童文学的最高奖项，素有“小诺贝尔奖”之称。

Tove Jansson

扬松是一位天才的艺术大师，她的童话杰作“姆咪”系列已广为中国读者喜爱。这套百年纪念文集首度引进中国，是大好事，这些故事闪耀着哲学与智慧的光芒，不同年龄的读者，会重新发现这位大师的魅力，更加喜欢她。

——任溶溶

世界奇幻文学大师
托芙·扬松百年纪念文集

The True Deceiver
真诚的骗子

[芬兰] 托芙·扬松 著
符仕发 译

ZHEJIANG UNIVERSITY PRESS
浙江大学出版社

图书在版编目（CIP）数据

真诚的骗子 /（芬）托芙·扬松著；符仕发译. —
杭州：浙江大学出版社，2016.11
（世界奇幻文学大师. 托芙·扬松百年纪念文集）
书名原文：Den ärliga bedragaren
ISBN 978-7-308-16333-0

Ⅰ.①真… Ⅱ.①扬… ②符… Ⅲ.①长篇小说—芬兰—现代 Ⅳ.① I531.45

中国版本图书馆 CIP 数据核字（2016）第 251223 号

真诚的骗子（世界奇幻文学大师托芙·扬松百年纪念文集）

[芬兰] 托芙·扬松 著 符仕发 译

选题策划 平 静
特约策划 上海采芹人文化 陈 洁 王慧敏
责任编辑 平 静
文字编辑 赵 坤
特约编辑 夏永为 张 瑞 陈 洁 黄 琰
责任校对 安 婉
封面设计 李 旖
出版发行 浙江大学出版社
（杭州市天目山路 148 号 邮政编码 310007）
（网址：http://www.zjupress.com）
排 版 采芹人 插画·装帧 http://blog.sina.com.cn/cqr2666 胡 桃 王 佳
印 刷 杭州杭新印务有限公司
开 本 880mm × 1230mm 1/32
印 张 7.125
字 数 119 千
版 印 次 2016 年 11 月第 1 版 2016 年 11 月第 1 次印刷
书 号 ISBN 978-7-308-16333-0
定 价 26.00 元

浙江大学出版社发行中心联系方式：（0571）88925591；http://zjdxcbs.tmall.com

目 录

第一章

在瑞典西部漫长而漆黑的冬季，一个与往常一样大雪纷飞的早晨，村里没有一扇窗户透着灯光。卡特丽遮住灯光，生怕弄醒她熟睡的弟弟。屋子里很冷，她泡了一杯咖啡，把暖水瓶放到弟弟的床边。门边趴着的那条狗用两只爪子捂住鼻子，正盯着女主人，随时等待着一起出门遛遛。

在沿海地区，雪已经持续了整整一个月。在人们的记忆中，已经很久没有下过这么大的雪了，门窗外积雪严重，屋顶也被厚重的积雪覆盖。但是雪没有一点要停的迹象，铲雪车刚刚开过，道路上就再次堆积了厚厚的一层。严寒使得在船坞的工作完全停滞下来。人们起得很晚，对于他们来说，已没有早晨的概念。地面的积雪没有一丝足迹，村庄万籁俱寂。孩子们的到来打破了沉寂，他们在雪里挖隧道和洞穴，尖叫着、嬉闹着，玩得不亦乐乎。他们被告诫不准朝卡特丽·柯林家的窗户扔雪球，但是孩子们依然我行我素。卡特丽和她的弟弟马特兹，以及一条未取名的狗同住在杂货店二楼的阁楼中。拂晓之前，卡特丽总是带着她的狗沿着村里的街道一直走到灯塔，每个早晨都是如此。村庄开始苏醒，人们纷纷议论道："她又穿着狼皮领子大衣带着狗出去了。"她不给狗取名字，这件事确实匪夷所思，所有的狗都应该有自己的名字。

人们谈论到卡特丽·柯林时，总说她关注的除数字以外，就是她的弟弟。人们想知道她从何拥有那双黄色的眼睛。马特兹的眼睛像母亲的一样蓝，人们完全记不得他们父亲的模样，很久之前，他坚持到北方去买木材，之后就再也没回来——他不是本地居民。人们早已习惯人的眼睛或多或少呈现蓝色，但卡特丽的眼睛却像她狗的眼睛一样发黄。卡特丽看周围的东西时，总是把眼睛眯成一条缝，所以人们极少谈论她眼睛的异常颜色，那是一种灰里透黄的颜色。多疑的性格使她对村民的眼光十分的敏感，每逢此景她就睁大眼睛用锐利的目光直视别人，这种目光是彻彻底底的黄色，给人一种强烈的不安。大家发现卡特丽·柯林不信任或在乎任何人，除了她自己和那个从六岁开始她就一直养活和照顾着的弟弟。她离群索居，对任何人都敬而远之，也没有人看到过那条没名字的狗摇过尾巴。不论是卡特丽还是她的狗，都从不接受任何人的好意。

妈妈去世之后，卡特丽就接管了杂货店帮佣的工作，包括账目的结算。她非常精明。但在十月的时候，她却突然说要辞职。大家都觉得店主其实很想让她搬出去，只是不敢直接对她这么说。与姐姐不同，男孩马特兹并不让大家讨厌。他只有十五岁，比姐姐小整整十岁，他高大、强壮且非常单纯。他在村子里打零工，但大部分时间去里杰伯利兄弟的船坞帮忙，特别是当那里的工作还未因为严寒而暂停时。里杰伯利让他做一些琐碎且无关紧要的工作。

捕鱼不赚什么钱，很早以前人们就停止了瓦斯特比村的捕鱼活动。这个地区有三家正常经营的船坞，其中一家还会对船做日常的维护，当冬天来临时，就做复查检修。这家最好的造船厂就是里杰伯利兄弟开的。兄弟四人都未结婚，他们的大哥叫爱德华，负责为船画图纸，他还常常开着货车去集市帮杂货店主运送货物和日常用品。货车是店主的，这是村里唯一的一辆机动车。

瓦斯特比村的造船业是这里居民的骄傲，造船工们在每一条船上印上一个“W”，就好像他们的村子还是昔日那个整个国家最古老的西部村庄一样。妇女们采用古老的传统方式织棉被，同样的，也是在成品上做一个“W”的标记。在六月的时候，游商们来到村里，买船和棉被，只要天气还暖和着，他们就会在此度过安逸的夏日生活。直到八月之后，一切又复归平静直至平淡。渐渐地，冬天来了。

此刻曙光已经变成了深蓝色，积雪显得晶莹剔透，人们在自家厨房里点亮灯光，放孩子们出门玩耍。第一个雪球就砸到了卡特丽家的窗玻璃上，但马特兹仍然继续安详地睡着。

“我，卡特丽·柯林，常常在黑夜里思索。随着黑夜的流逝，这种思索常常变得漫无边际。我想得最多的是金钱，很多的钱，我想依靠自己的智慧和品格，很快地赚到钱，我想赚到足够多的钱以至于使我不用再想下去。今后，我会得到回报。首先是马特兹将会得到自己的船，一条大型的足以出海的船，拥有船舱和船舷内的引擎，它是这个卑鄙的村庄所能造出的船中最好的一条。每天晚上我都会听到窗外在下雪，从海边吹来的风卷起雪花发出细细绵绵的声音，非常好，我打心底里期望整个村庄都被雪掩盖，抹去，直到最后，一切都消失……没有任何东西比冬夜的漆黑更加显得安宁，显得漫无边际,黑暗没完没了地持续着,就像生活在隧道中一样，有时深入黑夜，有时看到曙光，人们被遮蔽了眼睛，被隔离起来，比平常任何时候都显得孤单。人们像树一样地隐藏自己，默默等待。据说金钱会散发出气味，这不是真的。金钱像数字一样的纯洁。是人的味道，每个人都把自己身上的气味隐藏起来，只有当他们情绪愤怒或是羞怯，或是惊恐之时，这种气味才会变得强烈。狗能感觉到这种气息，在一瞬间就能察觉。如果我能像狗一样，那么我会知道得更多。只有马特兹没有这种气味，他单纯得像雪一样。我的狗既健康又漂亮，而且能读懂人的指令。虽然它不喜欢我，但我们彼此尊重。我尊重犬类的神秘生活，这种类型的犬带有与生俱来的野性，但我并不信任它们。我如何能对那些强壮的、观察力敏锐的狗给予任何一点信任呢？人们用被称作人类品质的东西来衡量他们的宠物，这种品质指的是高贵和友爱。狗不能说话且服从性强，但是它们仔细地观察着我们，了解我们，会用嗅觉来察觉我们的细微变化，即使这样，我们的宠物狗仍然坚持不懈地追随和服从我们，对这种异乎寻常的特质我们应该感到震惊、局促、有压力。它们也许会鄙视我们，也许会原谅我们，或者也许它们会享受这种没有责任的生活。我们从来都不知道。也许它们会把我们视作某种过度生长、错误构造而充满致命危机的物种，就像体形巨大行动迟缓的甲虫。在被人类精心豢养了数千年之后，狗类一定已经将我们看透，具有了无与伦比的洞察力。为什么人类已经不惧怕狗了？它们失去野性的样子又能保持多久呢？人们把他们的宠物变得理想化，同时居高临下地控制着它们作为狗的生活天性：这种天性包括抓跳蚤，刨烂骨头，在泥里打滚，一整夜都在空旷的森林中狂吠……人们自己会做什么呢，无非是在夜幕下埋下一些腐烂的东西，再刨出来，然后又把它们埋起来，在空旷的森林中大喊大叫而已——周而复始。我和我的狗鄙视他们。我们过着隐居的生活，隐居在我们内心的狂野之中……”

狗正准备出发，它等在门口。她们从二楼走下来穿过杂货铺，卡特丽在前厅穿好靴子，她在没有任何提示的情况下反复揣摩着夜里的想法，当她来到寒冷的野外时，她停了下来呼吸着冬天清爽的空气，她看起来像一个高大的黑色纪念碑，她那条令人生畏的狗，紧紧地靠在她的旁边，她们就像生长在一起一样。但它从未被拴住过。

孩子们安静了下来，在雪中歇了一会儿，在最近的一个据点后面他们又开始喊叫和相互打闹。卡特丽继续向灯塔前进。就在昨天，里杰伯利还给灯塔运来了一些油气罐，但路上的痕迹几乎又被雪所覆盖。风从西北面的海边吹拂而来，直到附近的海角，这里有一条岔路上山，通往艾美林夫人古老的居所。她停了下来，她的狗在一眨眼的工夫也站住了。迎着冷风，白色的雪落在大衣和狗毛上缓慢地融化。卡特丽发现了她熟悉的房子，每天早晨她在去灯塔的路上必然要经过那儿。安娜·艾美林独居在那里，和她的金钱做伴。在整个漫长的冬季，她几乎没有出现过，杂货店会将她所需的物品定期寄给她，而且松德布卢姆夫人每周都会去做一次清洁。但是在早春的时候，当安娜在森林中缓慢地散步时，人们会看到她那灰白的大衣在树木间忽隐忽现。她的父母长期在那里生活，那时森林中的一草一木都不允许别人擅动。当他们去世之时已经非常富有，但森林仍然是砍伐的禁地。正是因为如此，森林得以继续茁壮生长，像一堵墙一样牢牢矗立在屋子的后方。村里的人称那幢房子为兔子别墅。这是一幢拥有雕花窗棂的灰白色的房子，对于这个被大雪笼罩的森林来说无疑是一份灰白色的厚礼。这栋建筑像极了一只蹲在地上的巨大兔子，那白色阳台上的窗帘是兔子方形的门牙，堆积在复古的拱形窗上的雪是兔子的眉毛，两根烟囱是兔子警惕的耳朵。每个窗户里都一片漆黑。山坡上的雪并没有铲除。

“这是她住的地方，也是我和马特兹即将住的地方。但我必须等待。在我让这个叫安娜·艾美林的人在我的生活之中占据重要的位置之前，我必须再三斟酌。”

第二章

安娜·艾美林也许能够被称为友善，这是因为没有任何事情能够让她表现出无礼，还因为她有一种不同寻常的能力，能够忘记不愉快的事情，对此她只是耸耸肩而已，然后继续坚持着她那模糊而又固执的态度。她那被宠坏的广施钱财的行为总让人大吃一惊，但没人会注意到这些东西；在某些极端的情况下，她对造访兔子别墅的客人会表现得漫不经心，这使得客人们觉得他们是在光顾一个小型的纪念馆。安娜并不是用这种态度来保护自己，也不能说她没有个性，她非常单纯地过着一种严肃的生活，同时把她罕见的能力运用在绘画之上。当她作画之时，总是显得那么孤独。

安娜·艾美林拥有着异乎强大且让人敬佩的技能，那就是她只注意和关心一样东西，也只对一样东西感兴趣。那就是她的那片林地，森林中的那片土地。安娜·艾美林能把这片林地想象得如此准确和仔细，甚至连一根针叶都不会遗漏。她的水彩画小巧玲珑且充满着冷峻的自然主义风格，就像被苔藓和脆弱的植被所覆盖的充满弹性的土地一样美丽，这种地方是人们在茂密的森林中常常经过，但很少真正留意到的。安娜·艾美林让人们大开眼界，他们见到了森林的冬眠，这让他们在一瞬间回忆起了那温和的向往，让人感觉愉悦和充满希望。遗憾的是，安娜为了将兔子插入到她的画作中来，而破坏了画面感，包括兔爸爸、兔妈妈和兔宝宝。而且她的兔子像小花朵一样，在很大程度上毁掉了森林深处的神秘感。

兔子在儿童读物上的出现被投诉了，这伤害了安娜，让她失去了安全感，但是她能怎么做呢，为了满足孩子们和出版商的要求，兔子必须出现。她大概每两年会出一本新的小册子。出版者自己撰写文字。有时安娜会接到这样的请求，图画中只能出现大地、低矮的植被和树木的根茎。笔触越来越细致，范围越来越小，色彩如此深并接近苔藓类植物，以至于褐色与绿色所组成的微观世界，变成了一个由昆虫所组成的繁杂的丛林。她可能已经将之看作蚂蚁家族而非兔子家族，但现如今再这样想自然是来不及了。安娜将画面清理干净，视角变得空旷自由。现在是冬季，在大地开始变得光秃秃前，她从不工作。当她在等待创作之时，她会给很多追问为什么兔子会变得像花朵一样的小朋友们回信。

但是，当安娜和卡特丽之间开始有了交集的那一天之后，安娜什么信也不写了，只坐在客厅里读《吉米非洲历险记》，这是一本极其好玩的书。上次主人公去的是阿拉斯加。

安娜宽敞的房间在雪色的映衬下显得非常美丽，那白蓝相间的灶台，那光鲜亮丽的家具稀稀落落地倚在墙边，还有那反射着拼花的地板——松德布卢姆太太每个星期都会给地板抛一次光。爸爸总是想让她的周围空间开阔，因为她长得非常高大。而且她喜欢蓝色，那种柔和的蓝色在房间里随处可见，只是随着岁月的推移逐渐褪去了颜色。整个兔子别墅的上方笼罩着深邃的静谧，那是最具影响力的标志。

几天后安娜不再读那本小说了，她觉得应该给杂货店打个电话，虽然她很不喜欢这样做。但是此刻电话占线，于是她倚靠着走廊的窗子坐下来等着。走廊外狂风在咆哮，在西北方向卷起一条黑色的曲线，既有趣又使人紧张。在棱角分明的山峰之上，雪在肆意飞舞，卷成一个轻而透明的沙漏。每个冬天都会出现这样一条曲线，它的飘移总是这么美丽。但是飘移的规模是如此巨大且独一无二，以至于安娜能够将之看得真真切切。她再一次拨通电话，这次杂货店老板接了。里杰伯利已经回来了吗？她上次忘记跟他讲需要黄油和豌豆汤了，不需要很多，只要一小罐。店老板没听清她说什么，他解释说路始终不通，运货车不能行驶，但里杰伯利已经滑雪去集市采购了，已经去了有一段时间了，马上就会带着包裹回来，还有一些新鲜的肝脏。

“我听不清楚！”安娜·艾美林回答说，“活的？发生什么事情了吗？”

“是肝脏，”店老板重复道，“我从里杰伯利那里接到一些新鲜的肝脏，还特地专门为艾美林夫人您保留着，一个很不错的肝脏……”然后他的声音又消失在了大雪覆盖的世界里，线路又出故障了。安娜（挂断电话）将外面的世界遮蔽起来，让她自己重新回到自己的书中来。她现在已经不是非常在意豌豆汤，也不是很在意包裹的送达了。

当爱德华·里杰伯利采购回来时，他把雪橇放好，取下背包，放在杂货店的台阶上，腰间的疼痛让他没有了说笑的心情。他把店老板的东西用一个纸盒装着，然后背到店铺里去，东西大部分都被雪浸湿了。

“花了这么长时间？”店老板问，他半倚半靠站在柜台后面，仍然在因为自己变成了自己店铺的小工而闷闷不乐。爱德华·里杰伯利没有理睬回来迟这回事，只是把包裹一个个排列在门厅的桌子上。卡特丽·柯林在里杰伯利滑雪回来的时候，透过她的窗户看到了他，现在她来到门厅站着，一直盯着他看。她嘴里叼着普通的香烟，透过烟雾眯起眼睛看着桌上的包裹说：“艾美林的东西在这里。”她的东西很好辨认，因为她的大部分的信件都是手写的地址，而且被小孩子们用鲜花装点得很明显。卡特丽继续说道：“你考虑过现在去送给他们吗？同时也包括她的。”

“我需要一点时间冷静冷静，”里杰伯利说，“在这个村子里，不是随时都有像我这样和蔼的快递员为大家服务的。”

她完全可以和他说，这实在是个再好不过的滑雪季，或者问问他怎样找到道路的，或者抱怨一番镇上的路没有被打通，要不然就说点对他很感兴趣的话，假装的也好，反正就是那种为了制造愉快气氛所说的客套话。但卡特丽·柯林不会这么做。她站着，透过香烟燃烧飘起的烟雾，她眯着眼睛，屈着身子来到柜台之前，黑色头发遮住了脸颊使她变成了一个隐形人，她双手抓着一块毛毯，裹住身体以抵御严寒——但她看起来像一个女巫，爱德华·里杰伯利这样想着。

她说："我可以把艾美林的包裹送去给她。"

"这恐怕不太好吧，这是快递员负责搬运的，这就像是一种信托责任。"

卡特丽抬起头来睁大眼睛看着他，在门厅强烈的灯光照耀下，她的目光显得黄澄澄。"责任，"她说，"难道你不信任我吗？"她停了一下重复道："我可以把艾美林的包裹送去给她。这对我来说非常重要。"

"你真能帮我吗？"

"我从不帮人你是知道的，"卡特丽回答说，"我做这件事情完全并且直接出自我自己的意愿。你信任我吗，或者你根本不信？"

里杰伯利想了一下她是否如同她所说的那样做，在这同时，卡特丽已经带着狗一块出门了，事情发生得如此轻松简单。

无论怎样，卡特丽·柯林这个人是诚实的，大家必须认识到这一点。

*

安娜又一次拨通电话。“现在的线路听上去清楚一些了，”店老板说，“一小罐豌豆汤和黄油都有了。里杰伯利已经带着这些东西回来了，他还带了一个新鲜的肝脏，可以说是刚刚从肚子中取出来的！我已经为夫人您妥善保存好了，但这次去送包裹的不是里杰伯利而是柯林，她已经在去给您送货的路上了。”

“谁？”

“原来我们店铺的伙计，卡特丽·柯林。她把包裹连肝脏一块带走了。”

“但是肝脏，”安娜有气无力地打断道，“它看起来是如此的令人讨厌，烹调起来是特别的困难……但是既然现在你们已经准备好了马上送过来……那位柯林夫人，可以这样称呼她吗？她知道从厨房间的后门走进来吗？”

这时电话信号再次发生故障，在冬季经常发生这样的事。

安娜站着听了一会儿，之后她挂断电话去厨房泡咖啡喝了。

黄昏到来的时候，马特兹从船坞下班回到家中。在冬天，瓦斯特比的工人只在天气暖和时才工作，这样做是为了节省燃料，而且在天黑之前必须停止在船坞的工作以适应电力的供应，这是非常节约的做法。马特兹总是最后一个才离开。

“你总算是回来了，”店老板说，“如果他们允许你待在那儿的话，你会一直坐在黑暗之中消磨时间吧。”

“现在已经用电镀了，”马特兹回答说，“我可以要个可口可乐记在账单上吗？”

“当然，等一下！太可惜了，你那亲爱的姐姐不打算在我们店里做了，这真的非常遗憾，她在店里很能干。好吧，是电镀，就像你说的。这么说来你也会电镀喽，恐怕没人会相信吧。”

马特兹听也没听就在那点头，他靠在柜台旁慢慢地喝着可口可乐。这个小小的屋子被他高大壮硕的身躯填满。还有他那长长的头发，确实很长，而且像他姐姐的一样乌黑，就像外国人的头发一样。他仿佛忘记了他不是一个人。当卡特丽从楼上下来时他只是等在原地，然后他们姐弟二人彼此点了一下头，动作几乎注意不到，这是一种他们之间约定俗成的交流方式。狗趴在门口等待着。

店老板说："我听说你要去给兔子别墅送包裹。东西在这儿。把肝脏拿好，别让它掉出来。"

"她不喜欢吃肝脏，"卡特丽说，"你是知道的，前段时间她才给了松德布卢姆夫人一个猪血旺。"

"肝脏不是猪血旺，是她以前预订好的。记得从厨房通道走。艾美林小姐对来访的客人是非常介意的。"

两人的对话针锋相对，充满敌意，就像两个相互监视的动物随时准备展开进攻。

卡特丽暗忖："他还是死性不改，这个小店的老板，这次他又没有长记性。他的要求是这样的可笑，我要让他自己意识到这点。我对他一直有偏见。每次我看人有偏见的时候所有事情都变得很麻烦，而且我也失去了客观性。我必须远远离开这里。"

*

在第一缕暮光照耀之下，雪显得很蓝。卡特丽给了狗一个指令，让它到出口处等着，然后在刺骨的寒风中向着山上走去。没有人铲过那条道上的雪。

安娜·艾美林打开厨房间的门说："卡特丽夫人，你真是一个好人。在这样的天气里，真的没有必要跑一趟。"

跨进门槛的这个女人个子高高的，穿着某种毛茸茸的动物毛皮，她面无表情地打了声招呼。

卡特丽闻到一种不是很有安全感的味道。她心里想："这个地方一定许久没人来过了。她的样子果然和我猜的一样，像一只兔子。"

"你把包裹送到这里真好……我说的是这无论如何对我来说都是很重要的……"安娜停顿了一会儿，等着看对方是否有回应，然后继续说道，"我准备了一些咖啡，你不会不喝咖啡吧？"

"是的，"卡特丽诚实地回答道，"我从不喝咖啡。"

安娜停了一下，比起受伤她更多的是吃惊。如果主人准备好了咖啡，任何人都会喝一点。这是对女主人的起码尊重。她说："来杯茶如何？"

"不，谢谢。"卡特丽·柯林回答道。

"柯林女士，"安娜很简短地提醒道，"你可以把靴子脱下放在门边，以免把地毯弄湿。"

卡特丽想："我现在越来越喜欢她了。让她成为我的对手吧，让我与我的对手竞争吧，阿门。"

她们走进客厅里。

"我应该问她要一本她画的书。不，我不能这么做，这是不诚实的做法。"

"有时，"安娜·艾美林聊道，"有时我又在想要是能有这样一张完整的地毯该多好。光鲜而且柔软的地毯。你不这么觉得吗，柯林女士？"

"不，铺地毯的话，这么好看的地板就浪费了。"

她本性就喜欢毛茸茸的地板。有没有地毯倒无所谓，总之要有毛茸茸的感觉，热乎乎的毛。或许二楼的空气会更好一些。我们在夜里必须把窗户半掩，否则马特兹是无法入睡的。

安娜·艾美林的脖子上用一根细细的链子挂着她的眼镜，她此时把眼镜拿起来，在镜片上呼了一口气，用桌布的一角开始擦拭。那上面有可能沾满了绒毛。

"艾美林女士，你曾经养过兔子吗？"

"你说什么？"

"你养过兔子吗？"

“没有，谁说的……里杰伯利曾经养过，但兔子被认为是最难养的动物……”安娜回答得是如此自如，以至于没有用结束的口吻。她朝咖啡壶的方向移动了一下，想起来曾经有一个不喝她泡的咖啡的客人。她突然问了一个很尖锐的问题：“不过为什么，柯林女士，为什么你会想起来问我是否养过兔子？你曾经养过吗？”

“不，我养了一条狗，一条牧羊犬。”

一条狗？安娜的注意力转移到了另一个方向。她对狗一无所知……

女主人把咖啡桌移开，站了起来，示意她们需要更多的光亮。暮色又一次降临大地，她点燃了一盏灯，接着点燃了另外一盏，在朦胧昏暗的灯光下，艾美林提议赠送自己家里的手稿给卡特丽。安娜的手稿非常漂亮。当她把自己的大名署上之时，她开始像平常一样从兔子的耳朵开始画起，她停下来又拿了一张新的纸。卡特丽走到厨房把包裹放到厨房的桌子上，然后把食物放到洗碗槽里。斑驳的血迹从装有肝脏的包裹中渗漏出来。

“真是太讨厌了，”安娜在她的背后说，“这是血吗？我不能见血……”

“就让它这样吧，我把它放到外面去。”

但当安娜打开她的包裹时发现肝脏就躺在里面，血淋淋泛着鲜红的颜色，血管上白色的纹理清晰可见。她的脸色变得煞白。

“艾美林女士，我把它喂给我的狗吃吧。我这就把它拿出去。”

安娜快速地声明，她一向很害怕这种东西变臭。人们总是把肉啊这类的东西放到外面，然后就忘记了，当它散发出臭味之后，人们才意识到它已经腐败变质，应该把它扔掉了……

“在如今的世界中，你们不能如此轻易地把食物扔掉……”

“我知道，”卡特丽说，“人们把它放起来，然后它开始发出味道。为什么你不停止购买这种会变味的东西呢？如果你不喜欢内脏的话，就说你讨厌它啊，为什么还要去预订一个肝脏呢？”

“不是我订的，而是他！在这方面他总是很热心，他会帮我收走它……”

“店老板，”卡特丽非常缓慢地脱口而出，“店老板，在我的记忆中，他从未如此热心过。他是一个非常刻毒的人。明知道你害怕看到肝脏。”

卡特丽在后院点起一支香烟。如今黑夜来得如此之快。

安娜·艾美林急着去灯塔，目送她的客人下山，一段漫长而陡峭的下山路上出现了两个身影，一只狗出现在暮霭的昏暗中，走到一个女人面前停住了脚步。狗紧紧追随着它的主人回到了村里。安娜在举棋不定的焦虑中依靠着窗口。这会儿应该高高兴兴地喝着咖啡……但是突然她没有了喝咖啡的想法。这是一个细节，但很肯定：卡特丽不喜欢喝咖啡，而且确实从来不喝。

第三章

卡特丽一回到家里,没脱外套就座到了床上,她非常疲惫。盘算着自己得到了什么，又失去了多少。这第一次的见面显得如此重要。卡特丽闭上双眼，在脑海中对于已经发生的事情尝试着勾勒出一幅清晰的画，但她做不到。那些场景就像安娜·艾美林一样一丝丝细细地扩散开来，她那昏暗的灯光，充满个性的整洁的房间还有她们彼此之间试探性的谈话。但是水槽里的肝脏，它又是如此的明显，如此的真实。“她的意念控制着我？不。这是我自己的意念,这样就能赢得先机?

不，我不相信。这只是一场赤裸裸的交易，是鲜血淋漓的东西，她充满恐惧，并且敬而远之。我已经不再阴险可恶，不再毫无诚信。但是大家根本不知道，人们总是严重缺乏安全感，真正的安全感他们从未有过，所以总是表现出卑鄙的谄媚，阿谀奉承，任何词语都无法形容，这种令人厌恶的假面具大行其道，没有任何惩罚，随处可见；可能它会带来不止一项的好处，人们为了得到愉悦，越来越多地运用它，而不愿意与其一刀两断……不，我不相信这样做能得到特殊的愉悦，这里没有必然的因果关系。我失去了这次机会，但它至少是一个公平的游戏。”

马特兹画好了一张新的图纸，像平常一样把它放在桌子上。他从不谈论关于船模的话题，但是他知道卡特丽会去看这些图纸。图纸一直是用相同的蓝格子纸绘制而成，这种带格子的纸使得计算尺寸变得更加轻松，船都以统一标准制造：船很大，包含内置发动机和船舱。卡特丽曾经见过他非常投入地在修改，有时候船舱太低了。她会从弟弟的笔记中注意到木材、发动机的花销和人工时间的成本，事实上，她必须检查一切的安全性以保证他不会被讹诈。手稿画得如此精致。它不仅仅是一个男孩对于船舶的理想，它是实实在在的工作。

卡特丽感觉到他的身上有一份漫长的、充满耐心的专注，带着爱和希望，为了一个仅有的、遥不可及的理想而奋斗。

卡特丽在集市上买的书都借给了马特兹，图书馆里所有关于船舶和船舶构造的以及出海的冒险故事的书都买齐了，她有很多男孩的书籍。同时，感到有点歉意的是，卡特丽也让弟弟阅读一些被她称为文学的书。

“这些书我已经看够了，”马特兹说，“但是这些书里没什么内容。发生的故事好少。我知道这些书都非常好，但是它们对于我来说只有遗憾。它们几乎都是在描写遭遇不幸的人。”

“但你的海员，你的那些遇难的海员，他们也遭遇了不幸吗？”

马特兹摇摇头微笑着，解释道：“这是不一样的，他们什么也没说，你知道的。”

但是卡特丽继续追问。如果马特兹已经阅读过他自己的四本书，那么他也应该阅读了她的，至少一本。她希望自己的弟弟远离那个被高调宣扬的冒险世界，里面充斥着隐藏的邪恶。为了让卡特丽高兴，马特兹阅读了她的书，但是马特兹并没有谈论这些事情。她一开始问过他原因，马特兹只是回答道："因为这本书还挺不错的。"这样她便没有再问。

他们这样相互交谈是非常罕见的。他们已经习惯于在一起时保持沉默，各干各的。

马特兹回到家时，天已经黑了很久。他一直待在里杰伯利那儿。卡特丽不喜欢这样。他一直跟着里杰伯利兄弟，希望他们能多讲一讲关于船舶的事情。他们对马特兹非常友善，就像人们对待宠物一样，他可以待在他们身边，但却不能算成他们中的一员。她的弟弟可不能算成是自己人。卡特丽做好食物，他们各自吃着，看着各自的书，像平常一样。

他们阅读和吃饭的时间是一天当中最安静的时刻，完整而幸福的平静时刻。但是卡特丽前几个晚上没法读书，她得时不时地回到安娜·艾美林的别墅去看看，又时不时地失败而归。她把给马特兹的一切都给毁了。卡特丽从书中抬起头，这书她没法看懂，转而看着她的弟弟。在两盏灯之间有一个格子屏障，所以灯光照在他的脸上留下了格子的影子，她想到了牧场里树叶的影子，或者是阳光照在沙地上的样子。除了卡特丽，谁也无法见到马特兹如此美好的模样。突然，一个强烈的愿望出现在她的脑海中，她很想去跟弟弟说出一直萦绕心头的苦涩的人生目标，澄清她被人们误解的荣辱观，为自己辩护，不，不是辩护，只是做一个解释而已，去说出那些除了马特兹能理解，别人都难以想象的事情。

“但是我做不到。马特兹没有秘密，这也是他为什么一旦有事就显得心事重重的原因。不要去打扰他，他需要生活在一个单纯的、清净的世界里。他可能除了担心我是否过得好之外，根本不明白我说的话。我需要彻底澄清什么呢？……我知道了。我必须要做到毫无保留，必须竭尽全力地保持一种诚实的状态。”

马特兹从他的书中抬起头来，问道：“你在做什么？”

“什么都没做。这本书好看吗？”

“还不错，”马特兹回答说，“我已经看到了海战部分。”

第四章

村子里的夜晚非常安静，偶尔传来几声狗吠。所有人都在家里享用着晚餐，每家每户的窗户中都透出光亮。雪还是像往常一样下着，窗台上积着厚厚的雪，白天清扫干净的街道如今又被白雪覆盖，在路的两旁隆起白色的坚硬堤坝，越来越高。在积雪的堤坝上有又深又窄的通道，当地居民的孩子每次到融雪时就开始挖。屋外，孩子们堆的雪人、雪马还站在原地，只是他们用金属片和煤炭做的牙齿和眼睛，早已变形。下次严寒来临之前，他们往这些塑像上泼水，然后它们会变成硬邦邦的冰块。

有一天，卡特丽停在了孩子们用雪做成的雕塑前面，看着这些以她自己为原型的雪人。孩子们找来了黄色的玻璃碎片做眼睛，还给它带上了老式的皮帽子，嘴巴做得小小的，站姿是笔直而僵硬的。和这个女人的形象一起矗立在雪中的还有一条狗。这条狗塑造得不是很好，但是足以让旁人一眼便看出这是一条充满警觉的狗。还有，女人的裙摆旁边蹲着一个个头很小的矮人，头上有个红色的咖啡垫子。马特兹在冬天的时候时常戴一顶红色的棉帽。

卡特丽踢了一脚那个丑陋的小人，一回到家中就把她弟弟的帽子扔进火炉中焚为灰烬，新织了一顶蓝色的给他。这之后卡特丽对孩子们的雪雕，对那被孩子们画满数字的画纸，以及被孩子们插入雪女心脏中的一根木棍，都充满了苦涩的回忆。毕竟这就是整个村庄对尊重的表征。孩子们早就从父母口中得知卡特丽很擅长数学，他们知道她心里都是数字。

多年以来，人们常常去找卡特丽请求她帮忙来解决那些他们无法自行解决的计算难题。她处理过很难的账目问题，包括比率的问题也能轻松完美地解决，在做加总的时候和账目总是能对得上。最开始的时候，卡特丽帮助店铺老板处理订单和账目结算，直到现在她那精于计算的头脑和敏锐的洞察力都一直名声在外，她在交易中接触了越来越多的供应商，发现他们都有欺诈行为。后来她发现村里的店老板也有这种行为，但没人知道。无论如何，卡特丽·柯林拥有一种精准无误的想法，对于款项能公平分配，对于棘手的问题，她又能够拥有一种数学头脑，轻松地解决。村民们最开始的时候因为退税的事情去找她或者跟她讨论商业欠条、预期和财产边界的问题。城里有律师，可是人们更相信她，为什么把钱扔给律师呢？

“给他们草坪，”卡特丽说，“这块地一点用都没有，当牧场都不够好。可既然你们不喜欢他们，那就制定一个条约，制止他们开发，否则早晚他们会住到你隔壁。”

她对另一方说：“草坪没有任何用处。但要是介意名声的话，就出点钱造个围栏不让别人进就是了，然后稍微搬得远一点，这样一来，就不会有邻居家的孩子，整天对你嚷嚷了。”村子里关于卡特丽的讨论是如此普遍，她是如此的重要但是却异常狡诈。有一点说得似乎挺有信服力的，卡特丽通常认为，每家每户对邻居多少带有些天然的敌意，这是她分析事件的前提。但是在这些对卡特丽的偏见背后，人们感觉非常羞愧。她总是一碗水端平，这件事让人非常难以理解。就像这件事里的两个家庭，长期以来互相看不惯，卡特丽总是两边说情以保留颜面，但是她总是把这种敌意摆到台面上来讲，总是要这样的精确。她还反复告诫别人，每个人都上过当了。卡特丽对关于胡斯摩·伊米一事做出的裁定，让人们大快人心，伊米患了严重的血毒病，已用去了一大笔钱，但是他仍然进行长时间的工作，卡特丽说："因为是在工作时间发生的事故，所以可以要求赔偿。雇主应该为此支付一笔费用。"

"不是这样的，"伊米插嘴道，"这事没发生在我造船期间，我只是干干清洗鳕鱼的工作。"

卡特丽说道："你们什么时候才能明白这个道理啊。工作没有贵贱，拿鳕鱼或者拿凿子的，都要一视同仁。你的父亲是一个渔夫，难道不是吗？他曾经被渔业公司聘用，这没错吧。他在工作中多久受一次伤？"

"偶尔吧。"

"我说的吧。而且他也得不到任何赔偿。他绝对是被政府给骗了，比他能想到的程度还要深。现在你也一样，老戏又上演了。”

关于卡特丽·柯林的睿智思想还可以找到很多的例子。所有事情倒似乎真符合她说的那样子。要是看到一个经常推敲来推敲去，握着重要文件，略显刻薄的人，那大概就是搞买卖的城里律师了。他倒是从来没有对卡特丽的言论提出过任何质疑。他说：“你们那儿有一个聪明的女巫，她到底是何方神圣？她是从哪儿学到这么多道道的？”

一开始，人们想为卡特丽的服务支付金钱，但是一提这事，她就很不友好，渐渐地谁都不敢和她谈论酬金的问题了。令人奇怪的是，一个深知民众困苦的人，为什么对日常生活中人们经常谈论的事情无动于衷呢？卡特丽的沉默令人不安，她对于实际问题也能回答得头头是道，但是她只是就事论事，从不闲聊。最糟的是，同别人见面时，她从来不笑，也从来不鼓励别人，连最小的忙也不会去帮。

“但你为什么要去兔子别墅？”年迈的尼加德夫人说，“你想要再回杂货店就不是那么容易了。现在你虽然有了丰盛的物质享受，但是却不再相信任何人。你是与众不同的，可以和弟弟一起生活得很好，让她一个人清静清静吧。”

人们总是问很多关于马特兹的问题，但这并没有让卡特丽更加愉悦，她最多只是用她那细细的黄色眼缝瞄一眼然后说声谢谢，当人们试图继续深入交谈时，总是担心被别人说成是热情过度和无事生非。所以人们来找她时总是有事说事，事情办好了就一刻也不愿意逗留。

第五章

大雪在不似暮霭也不似晨曦的黑暗中不停地下着，给人非常压抑的感觉。那些本来做起来充满乐趣的事情，现在都感觉是该做的而已。爱德华·里杰伯利忍受着冬日的惨淡。当船坞的活干完时，大家都各自回家，没有别的事情可做，里杰伯利四兄弟也从船坞回了家，他们先是做饭，饭后听了听收音机播放的节目，长夜变得漫漫无期。爱德华·里杰伯利决定给他的货车来一次全面检查，这是一项能让他快乐的工作。这和社区居民们有事找到他让他出车时，控制发动机所带来的快乐是相似的。

半年前他带了很多学龄儿童去城里读书，他们按里程数付给他路费，现如今那些孩子都已经在村里上了小学，那些大孩子在城里也都找到了住处，如今要搭他车进城的孩子没那么多了。但无论如何，有时商人要运货，他的货车还是派得上用处的。村政府也会付钱让他给海上的灯塔运煤气罐子，送邮件还有汽油也要拜托他。而且每次店老板跟里杰伯利结账时总是斤斤计较，还特地强调一遍，他拿自己的车在为大众服务，自己是多么的不容易。无论如何，爱德华·里杰伯利还是把这辆货车看成是自己的宝贝。这是一辆绿色的大众牌汽车，而且这也是瓦斯特比村唯一的运输车。

他点亮了车库的灯，把帽子向耳朵上拉了拉，车库里比外面冷得多。检查车辆是一项私密的工作，没有其他人一起参与。那个男孩（马特兹）躲在门外，等啊等，眼睛牢牢盯着里杰伯利,这让里杰伯利感到良心不安。这良心不安的感觉，是因为马特兹还是因为他的姐姐呢？在这个村子里，大家是如何对待他们的？大家没有给过他们一点好脸色，这是多么罪恶啊……里杰伯利转过身来对他说："你又来了，你不该来学发动机这该死的玩意儿。"

“嗯，”马特兹回答说，“这一点我知道。”

“你去新农场砍过树吗？”

“是的。”

“你为什么去那里？只是为了帮忙？”

马特兹没有回答。每次都重复同样的事情。男孩溜进车库中，安静地直立在一旁看着，到最后，里杰伯利的脖子只好弯过来，他没法对这孩子继续凶下去，也没法专心工作。整件事又成了一团糟，他只好说：“这活非常难做，我现在没工夫跟你说话。”

马特兹点点头，继续站在原地。他是如此像他的姐姐，一样的扁平的脸。虽然眼睛是蓝色的。任何时候姐姐总是让弟弟躲在她身后，把所有的事情一人扛起。里杰伯利感觉很累了，他停了下来，说道：“如果你愿意，能否帮忙清扫一下这里，要懂得欲速则不达的道理。”

男孩开始了清扫，非常缓慢地做着。他慢条斯理地从最角落的地方开始清理，一点点擦擦扫扫，灯光昏暗阴晦，绵绵不绝，好像听不见声音，但也不像，这感觉像是有只老鼠在墙壁后面嘁嘁喳喳作响，声音断断续续，一会儿发出摩擦声，一会儿又归于平静——直到里杰伯利转过身来喊道：“先别扫了！你过来。到这里来让我看得到你。我正在修我的车。看着我是怎么做的。不过就算这样你也学不会什么真本事的，我也不会做任何解释。所以从现在开始不要跟我说话。”

马特兹点点头。不久之后，里杰伯利最终变得安静下来，忘记了有一个男孩在一旁仔细观察着，同时原谅了男孩的打扰，开始按部就班地检修起汽车发动机来。

*

但是马特兹总是在船坞的下面工作。在没任何人帮助的漫长的工作中，大家对他的关心屈指可数，人们对他的信任体现在只给他一些很琐碎的工作去做，也相信他能把托付的事情办好。多数情况下，很多人都遗忘了这里还有个马特兹。里杰伯利兄弟给他做的是最枯燥的活，敲敲打打，拧拧螺丝。这之后，马特兹一下子消失，也没人注意得到，或许他答应了某个邻居上门帮帮忙，要不然就是到森林中去什么事情都不做。而且大家都不知道。马特兹·柯林没有固定的工作时间，只是一会儿出现，一会儿又走了，这就是为什么不能按工作时间付给他工资的原因。里杰伯利兄弟时不时会付给他点钱，数目很小。他们觉得他顶多就是把工作当成游戏罢了，给一个玩游戏的人付钱也相当没必要。他们不知道马特兹离开那么长时间是去了哪里，也不关心他现在身在何处。

如果严寒来袭，继续工作下去就不划算了。船坞是不能御寒的，暖气也不太能让人感觉暖和一些，以至于人们的双手还是会僵硬。他们停了船坞，回家去了。但是起航的船都靠岸了，外头的大门都关起来了，门上的门闩很容易松开。马特兹可以借用鳕鱼钩走到冰面上，要是海边空无一人，他又会回到船坞，继续他的工作，大部分的工作都非常琐碎而无关紧要，甚至连做完了也没有人注意到。但大部分情况下，他会安静地待在冬季的暮霭之中。刺骨的寒风中他从未感到寒冷。

第六章

爱德华·里杰伯利再一次滑雪去集市，带着包裹和食物返回时，卡特丽·柯林又一次出现，自告奋勇给艾美林送包裹去。她没有说什么，也没有解释什么，只是想要拿走这个包裹。就像她的弟弟一样，她只是站在那里等着，直到他屈服。

“好吧，”里杰伯利说，“拿走吧。但是要记住，不管是这次还是以后，你要对所有与支付相关的事情非常仔细。一张条子都不能丢，艾美林夫人签完字以后，睁大眼睛瞧清楚收钱的人是不是我。把货物交出去后，这些包裹的钱她一分都不能少给。”

“你让我非常惊讶，”卡特丽说道，她的声音变得非常冷漠，“你什么时候见过我在数字方面不仔细了？”

里杰伯利沉默了一会儿反驳道：“我前面说太快了，没考虑仔细。在这件事情上，我不能够给其他任何人以信任。”他接着说道，“虽然人们议论了很多关于你的事，但至少你很诚实。”

卡特丽来到店铺中，店老板用满脸的恨意接待了她。她说：“我把包裹给艾美林送去。她还打电话来说需要带其他的什么吗？”

“没有。像艾美林这样的人，天天吃我们的罐头，不会做饭。里杰伯利给我们带了一个腰子来。”

“你还是自己吃吧，”卡特丽说，“腰子、肝脏、肺，这些都是你的最爱，但是别再怀着恶意对待一个无助的女人了吧。”

“真不能用怀着恶意来形容我，”他大声说道，语气确实挺受伤的，“我给全村子的人送东西，但是整个村子没人说我有恶意……”

卡特丽打断他说："一份意大利面，一个肉汤包，两份豌豆汤，小份的就行，还有一斤白糖。我带这些走。把这些记在她账上。"

店老板喃喃说道："你才是真正邪恶的人。"

卡特丽沿着货架走去。"大米，"她说，"这是很方便烹调的。"然后接着说，"你不需要做得这么可笑吧。"这是如此充满蔑视和不屑的回应，将他的情绪推向了憎恨的边缘。她的话就像给自己的狗下命令一样。

卡特丽第二次来到了兔子别墅，她让狗等在后院里。安娜·艾美林看到她上山，很快就给她开了门，一阵寒暄之后，安静下来，气氛有点尴尬。

卡特丽把鞋脱了下来，提着食品袋来到厨房，说："我没带新鲜的肉来，只带了罐头，但罐头更加容易烹饪。里杰伯利下午才把包裹送过来。"

"太好了，"安娜大声说道，她所在意的既不是包裹也不是罐头，仅仅是因为这里有个怪人，终于说了点可以聊聊的话。"太好了……罐头也非常便利，特别是这些小瓶的，它们不会变质……难道我没和你说过，生肉令我感到焦虑吗？你们知道的，生肉不容易保鲜，这和种花一个道理，责任重大，没错吧？不能给花浇太多的水，但也不能太少，这个尺度很难掌握……”

“不，你不会明白的。但这里太暖和了点吧，因为室内植物是不喜热的。”

“确实，确实会这样的，”安娜犹豫不决地说，“我不明白的是为什么人们总是认为我需要植物呢……”

“我知道。植物、孩子和狗。”

“什么意思？”

“意思就是你应该喜欢植物、孩子和狗。但事实上可能并不是这样。”

安娜抬起头，用犀利的眼光注视着她，但眼前那宽阔安详的脸庞显得淡泊悠然。她有些严肃地说：“柯林女士，多么奇特的结论。我们到客厅里去坐吧，尽管你不爱喝咖啡。”

她们来到客厅。还是一样柔和的光线，一样空虚寂寥的感觉，还是那种慢慢袭来的梦魇般的体验。安娜安静地坐着。

卡特丽突然快速说道：“艾美林女士，你对我如此友好，我受之有愧。”不知道什么原因，她忽然很想离开兔子别墅，她把包裹摆到安娜面前，短短提了几句有关签单的事情。安娜带上眼镜，看了看单子，说道："这张单子依我看已经签过了。是谁签的，一个很奇怪的名字？村子里有新的居民搬来吗？"

"没有，这名字是我编的。这难道不是一个很奇怪的名字吗？"

"我看不明白，"安娜说，"人们往往不这样做。"

"为了节省时间，我就在这里写了。"

"但是这里有好几张奇怪的签单，每张都有一个单独的名字，都像出自同一个人的笔迹。"

卡特丽笑了，笑容像霓虹灯般一下突然闪现，又突然消失，让人毛骨悚然。她说："艾美林夫人，我对签名这档子事非常在行。人们会带白纸到我这来，有时候他们很喜欢我给他们签字的。如果您觉得有趣的话，我也可以签您的名字。"

说完，卡特丽便签上了安娜·艾美林的名字，这字迹与她拿到的真迹简直就如复制一般。

"不敢相信，"安娜说道，"你太了不起了！你还会画画吗？"

“这我应该不会。我从来没试过。”

外头的风越刮越大了，浓烈的呼啸声跟随着人们的脚步，大雪朝窗户砸落下来，风起风停之间，村子分外宁静。

卡特丽说：“我现在得走了。”

安娜开厨房门的时候，看见了那条狗。狗的背脊上堆满了雪花，这大家伙边打呵欠边哈出一股雪气来。安娜大叫起来，试图把门给关了。

“它不吓人的，”卡特丽说道，“这是一条非常训练有素的狗。”

“但它看起来充满野性！它还在那儿打呵欠……”

“它不危险的。只是一条友好的牧羊犬罢了。”

女人和她的狗一起下了山，两个毛茸茸的灰色背影。安娜目送她们离开。她激动而又恐惧地在思索着什么，由于好奇感而产生的紧张情绪充斥了她的内心，但卡特丽·柯林确实是一个具有冒险色彩的人物。她和别人不一样，但却很像一个人，特别是在微笑之时……不是安娜熟悉的人，至少不是她过去交往的那些朋友，不，那应该是一幅画，一本书里的某幅画。安娜突然为自己的念头笑了起来，她发现戴着毛皮帽子的卡特丽像极了淘气的大灰狼。

*

几乎每两年安娜·艾美林都要出一本图书，一本给小孩阅读的图画书。书的文字由出版商自己编辑。出版社现在寄回来一张减款单，还附上去年读者反馈的一些读后感，对于减款单和这些读后感，他们的口吻一点也不客气、不友善。安娜打开剪报戴上眼镜看了起来。

> 艾美林以她那温文尔雅、近乎狂热的态度悉心照料她自己的小世界——她的画作，甚至是画作中森林的土地，不止一次使大家感到惊讶。每个细节都被仔细地勾勒，我们在震惊的同时得到更多的是身心的洗礼，她教会我们如何用思想去观察世界。文字只是为那些去学校念书的孩子们准备的简短说明而已，每本小书里配的文字也都差不多。但艾美林的水彩画始终保持着新鲜的动感和活力。她以一个既天真活泼又匠心独具的视角来描绘大森林，它的静寂与冷漠，我们的眼前呈现出的是一片未经开垦的原始森林。即使是年龄最小的读者，都愿意冒险走进她那没有兔子、长满苔藓的画面中，我们

都有十足的信心，孩子们都会喜欢它……

当有人点评她的画提到兔子时，安娜会停止阅读。那些剪报会有一些插图，这是常见的做法。漫画的形式很常见，但是比起关注她来，漫画家们更关注的是兔子。他（读者）更在意的是兔子方块形的、油光锃亮的门牙，她（兔子）看起来是白色的蓬松的一大块。“我现在可不做这种傻事，”安娜暗忖，“不是所有人画的画都能上报纸。不过我下次得记得不要再表现它们的牙齿，而是把下巴合上。如果它们不再总是面带微笑呢……”

安娜·艾美林那小小的手绘图书，和它们光亮的封面总是能把大伙逗乐。这些书已经有了多种语言的版本。今年的故事总是侧重在蓝莓和红果的采摘上。如果对艾美林那充满自信和倾注了热情的创作有所关注的话，很多人都会对她所描绘的北欧大森林充满疑惑，它们的真正名字是否叫呆滞的兔子呢……

“是的，”安娜说，“并不是每一次都那么成功，情况千变万化……”

她不得不将孩子们的反馈意见搁在另一个时间继续看。房间里的寒冷让安娜把自己裹得更严实，随着夜幕降临，灯火渐渐变得通明，安娜打开台灯，取出书签，又开始继续她的阅读。她津津有味地读着《吉米非洲历险记》，正如她所期望的那样，世界重新被寂静笼罩。

第七章

严寒笼罩着大地，里杰伯利一次次地把通往山上艾美林住处的积雪铲干净，这样松德布卢姆夫人可以拖着自己不太方便的腿脚来给她做清洁。她每个星期来做一次，虽然二楼已经不再需要清洁了，但是这样的工作量，对于一个年龄大的人来说也有些吃不消，松德布卢姆夫人也常常抱怨她的酬金太少。

“你可以像清理针织被单一样，把你的生活打理得很好，”尼加德夫人说，“你该对艾美林夫人说，打扫这活对你来说太重了。现在有更年轻的劳动力可以来接手你的工作。卡特丽·柯林已经辞掉了在杂货店的工作，而且她给兔子别墅送过几次货，你可以去跟她谈谈这个问题。”

“跟她谈！”松德布卢姆夫人喊了出来，“您知道的，没有人会去这样跟卡特丽·柯林说的。至少我不会，我有自己的做人原则。”

“这是为什么？”尼加德夫人问道。

但松德布卢姆夫人不想再听到关于那个女人的事情，她冷冷地看着窗外，嘴里嘟囔着，雪还是和往常一样，说完她很快就走了。那些路过新园子向它的主人表达敬意的人，总是能坐在摇椅上歇歇。松德布卢姆夫人最忧虑和烦恼的，就是她完全不能忍受摇摆的东西。她经常坐在门边的沙发上。或许她最了解这间大厨房的安静无声是多么的不常见，有不同的几代人在这里出出进进，这种安静让人心变得波澜不惊，完全遗忘了这里曾经的忙碌。

尼加德夫人为了让自己更靠近炉子，把椅子搬到灶台前面，坐在上面，双手放在肚子上。村里其他人家因为炉子太占空间而把它拆除了，现在他们的厨房变得清冷起来，缺少生气。但尼加德夫人的厨房依然与过去一样。当女儿们和媳妇们制作编织品时，她们继承了外婆的式样，还沿用了她外婆挑选的颜色。尼加德夫人的被单是做得最好的。曾经有人建议村里的杂货店去卖这些针织成品，甚至去跟卡特丽·柯林讨论过相关事宜。但是她说：“我不做中间人。杂货店抽成抽太高了。这生意你们是赔本的，让人们直接到这来，虽然这对他们来说是非常困难的事情。但他们可以仔细观看，并随意挑选自己喜欢的品种拿去卖，自己来淘货。”

像其他人一样，卡特丽自己也会做针织。但是她总是使用很深的颜色，黑色特别多。

雪还是不停地下啊下啊，但是没有铲雪车去清理，于是里杰伯利只能继续滑雪去送货，虽然他并不喜欢这种方式。但他非常热心，就算只是一些小件物品，他也会接下这个单子，例如药品、内衣、室内用的花肥，或者是女人们用的丝巾。但是一个背包不能装太多的东西，他还要拿一对雪橇，他优先考虑的是店老板的货和新鲜的食物。人们在杂货店的柜台前列好自己所需的货品清单。里杰伯利会断然拒绝去图书馆借书的需求。他让卡特丽向艾美林借书给她的弟弟马特兹看，他曾经瞥到过，她那儿有一整个书架，上面堆满各种书籍。

但卡特丽不想跟安娜·艾美林谈关于书籍的事情。她去兔子别墅送货时也不再脱下长筒靴，只是普通地打招呼，说一些客套话，然后就和她的狗继续上路。卡特丽已经放弃了她原来的想法，她已经深切体会到，把自己塑造成为一个友善的形象是不可能的，就算是为了和安娜·艾美林走得更近一些。最起码需要做到的友善她也做不到，起码卡特丽自己内心划了一道界线，只要在这界线外，她是做不到友善的。

*

尼加德夫人打电话给安娜，问她要不要来喝杯咖啡。两人住的是如此靠近，尼加德夫人还说可以让一个男孩跑过来接安娜。

“很好的主意，”安娜说，她本来就很喜欢尼加德夫人，“但是外面太冷了，你是知道的，现在出门就像要去做苦工一样……”

“我知道的。这天气只有当不得不出门的时候才会出去。要不然就是兴致极好的时候了。最好是等等再看。你过得还好吗？还是老样子吗？”

“是啊，”安娜说，“谢谢您打电话关心我。”

尼加德夫人停顿了一下接着说道："你的父亲常常去村子里。我很清楚地记得他。他留着非常漂亮的胡子。"

就在同一天，卡特丽跑来送货了。

"先别走，"安娜请求道，"别急。柯林女士，你是这样的乐于助人。我很高兴地邀请你参观我爸妈的房间。"

她们一块走进房子里，一间一间地参观，按照房间排列的顺序。卡特丽发现每间屋子都没有什么太大的不同，它们那渐渐消退的浅蓝色显得有些颓废。安娜全程讲解。"这里是爸爸经常坐在上面看报纸的椅子，除了他，没人能在杂货店拿到报纸，他都是按照顺序阅读，尽管很少有人来……这个是妈妈晚上阅读的台灯，她自己装饰了花边。这里贴着汉科的明信片……"

卡特丽一路都安静地听着，只是偶尔发表一些简短的评论，后来她们来到二楼，这里出奇的冷。"这里一向都这么冷，"安娜解释道，"但这里只给女佣人住。旁边的客房总是空在那里，爸爸不是很喜欢有客来访，因为这会打扰到他的日常生活，这你理解的……但是他写过很多信，他会自己跑到杂货店寄出去……你知道的，柯林女士，虽然爸爸在这镇子上几乎不认识什么人，但是只要他走过，大家都会脱帽行礼，非常自然。”

“他们真这样做？”卡特丽转过身来说，“他也脱帽致意吗？”

“帽子，”安娜迷惑地重复着，“如果他自己有顶帽子的话……有趣的是我不记得他曾经有过帽子……”她又接着说。

卡特丽看出安娜有些激动。她说了很多话。现在又说到妈妈经常去村里关照穷苦人家，圣诞节的时候还去施舍面包。

“那这些穷人不会因此而心里受伤吗？”卡特丽说。

安娜抬眼看了看，很快地，又把眼睛移开了。她继续很自豪地夸耀起爸爸的集邮册、妈妈的菜谱、泰迪狗的坐垫这些东西来了。爸爸的年谱记得非常翔实，上面有跨年期间各种善良与邪恶事迹的描写。父母交付托管的房子的价值和爱的用心第一次遭到质疑，使得安娜变得气冲冲，她挑战这种禁忌，而且停不下来。她强迫不愿意的访客看更多的东西，听更多关于父亲的奇闻轶事，早在卡特丽沉默不语之前，这些沉寂的历史就戛然而止。感觉就好像是在教堂哈哈大笑。一个巨大的背叛阴谋仿佛渐行渐远，安娜让它成真。她的声音抬高八度，变得异常尖刻，她步履蹒跚地跨过栅栏，来到卡特丽的身旁，这时卡特丽温和地挽起她的胳膊说："艾美林女士，我们现在必须要分开了。"安娜变得安静下来。卡特丽装作友好地说："你的父母一定是非同寻常的人物。"

卡特丽出了院子点上一根烟，她的狗不叫了，她们俩一块向山下走去。质疑再度袭来，她不停地反复想："我为什么会说那样的话。是她的意愿，因此她没有必要感觉她泄露了自己崇拜之人的秘密。不！是我自己的意愿？不！有人已经失去自控了，必须反省一下。这种夸张的想法必须停下来，不要再多想了。"

卡特丽走了之后安娜感到非常冷清，她喜欢满屋子都塞满人，她突发奇想地想打个电话，给任何人都可以，但是说什么呢？没有比刚才说的这些更值得说的了……总而言之，安娜觉得，还有一样东西没有展示，那就是她自己的作品。

尽管这些作品不是所有的都和爸爸妈妈有关系。

*

在一个星期三固定清扫的日子，松德布卢姆夫人在从兔子别墅回家的路上碰到了卡特丽和她的狗，她们停在了山坡上，她说："我说这话虽然没啥意思，但是艾美林夫人好几周没吃到新鲜的食物了，我以前就经常去给她送。"

卡特丽回答道："艾美林女士不喜欢吃内脏。"

"你是怎么知道的？"

"她告诉我的。"

"为什么她的冰箱被整理过？"

"它已经很脏了。"

松德布卢姆夫人的脸开始慢慢变得通红，她激动的情绪已经膨胀得充塞了整条道路："柯林女士，清扫工作是我的分内事，这份工作已经成为我的一种习惯，而且我不喜欢别人对我的工作横加干涉。"

卡特丽笑而不语，她如狼狗一般的笑容足以让任何人失去耐心，松德布卢姆夫人拔高嗓音喊道："好吧！我明白了！我想我知道了很多人尽力去奉承老年人，只是因为她已经失去了力量。"说到这里，这个上了年纪的女人停了下来朝山下走去。

当卡特丽来到兔子别墅后，把她的包放在过道上，简短地声明，她决定不再在这里待下去了。

“能不能占用你一点点时间，就一点点？”

“可以，但是我不能在这里再待了。”

“柯林女士，你不想在这里待了吗？”

“是的。”卡特丽回答。

安娜笑了笑，说出了她一直以来的困惑：“你知道吗，柯林女士，你是一个很不普通的人，我从来没有见过任何一个人像你这样的可怕——我用了这样一个形容词来表达大家对你的敬畏——如此地诚实。我希望你能听我的，因为我确信我所说的非常重要。你还很年轻，对于生活的理解是不够的，但是你相信我，世界上几乎每一个人都在扮演自己的角色，跟他们的实际生活往往不同。”安娜考虑了一下，补充道，“尼加德夫人不是这样的，那是另外一回事……你清楚吗，我比一般人注意到的更多。但不要误解我的意思，我当然指的是好的方面。在我的一生中，一直受到友好的对待。但是……柯林女士，你总是我行我素……”安娜迟疑了一下接着说，“你很不一样，我却信任你。”

卡特丽看着安娜友好而真挚的表情，自己朝征服兔子别墅的终极目标又前进了一步。

安娜接着说道：“你不要想错了，柯林女士，但我发现你完全不按常理说话，我被你这种独特的说话方式给怔住了。在你的言语中——如果你不介意的话——没有任何彬彬有礼的感觉……而彬彬有礼本身，有时候会与某种虚伪的欺骗画等号，不是吗？你明白我的意思吗？”

“是的，”卡特丽回答，“我明白。”

*

卡特丽和她的狗越走越远。雪已经结了足够厚的冰，人们可以在冰面上行走，这预示着春天即将来临，这个春天注定属于卡特丽·柯林，卡特丽·柯林最终赢得了一场高级而神圣的比赛的胜利，成果完全在自己的预期之内。她的体内奔涌着一股新的力量。她直奔到海边，把海岸线上结的冰踩碎，膝盖朝地跪在雪地之中，她举起双臂狂笑。狗停在通往灯塔的路上，从喉咙之中发出低沉的带有警示性的咕哝声。“安静点，”卡特丽说道，“地方有了，”她在给自己制定计划，“现在所有的问题就是需要安静地三思而后行。”比赛还在继续，现在她能够用自己的武器去战斗了。而且她坚信，这样做是纯洁的。

第八章

“这是一些邮寄的订单，我已经确认并且签过字的，但在之前还是请艾美林女士再检查一遍。这里还有里杰伯利上次拿走的钱。”

“你真是太好了。”安娜说着将装满钱的信封放在一边。

“你不需要点一下吗？”

“为什么要这样做？”

“为了确认数额正确。”

“亲爱的女士，”安娜说，“我确信数额是正确的。他现在还经常滑雪去集市采购吗？”

“是的，他经常滑雪去。”卡特丽停顿了一下继续说道，“艾美林女士，有一件事情我必须要跟你说。里杰伯利在铲雪和修水管两个项目上收了您额外的钱，不仅在人力上还是在材料运营上。我已经跟他提过这件事情，多余的钱我也给要回来了，在这里。”

“这样办事不合适吧，”安娜喊道，“没人这样处事……你怎么就肯定他多收我钱了呢？”

“我查阅了他所有的账目明细。然后再询问他每个部分的报价，这非常简单。”

“我不相信这件事情，”安娜说，“完全不相信，所有里杰伯利家族的人都喜欢我，我也这么认为……”

“相信我，艾美林女士，骗子是不会那么喜欢他所行骗的对象的。”

安娜摇了摇头。“阁楼的窗户，”她说，“把雪给漏进来了，真糟糕！”

“相信我，”卡特丽重复道，“这不糟糕。里杰伯利会来修阁楼的窗户，只要你叫他来，他这一次肯定会尊重你的，给你个合理的价钱的。”

但是安娜平静不下来，她坚持认为，整件事情是匪夷所思并且没有必要的。里杰伯利和她之间不可能再相互信任。更何况金钱并不如人们想象中那般，是无时无刻都很重要的东西。

“马克和便士没有那么重要，这话或许是对的，”卡特丽说，“重要的事情是做人要诚实，不能被骗，甚至和便士也毫不相干。你拿了别人的钱，唯一值得原谅的情况是，能使这些钱升值然后给一个相对公平的收益分配。”

“亲爱的夫人，你说了太多的关于生意的事情。”安娜心不在焉地说。

卡特丽有些放松警惕，一番对话刺激了她的神经，她说：“我们现在说到了关键的地方，松德布卢姆夫人的报酬有多少？”

安娜伸了伸懒腰，她用僵硬的声音，用像她父亲曾经与本地人交谈时的那种腔调说道：“亲爱的柯林女士，有些细节我实在是想不起来了。”

第九章

马特兹·柯林和里杰伯利在乡间的小道上偶遇了。

“现在是你出来遛狗了？”里杰伯利问。

“是的，我要去拜访老艾美林女士，顺便谈论一下阁楼窗户修理的事情。”

“我听说负责修窗户的人是你。据说雪从窗子里飘了进来。”

“水池也又堵住了。”

“没错，”里杰伯利说，“你姐姐给安排的这事，做得也挺不赖。现在快要化冻了，我们要考虑船坞的工作了。那里有一些琐碎的工作等着你。顺便提一下，我决定把你安排到海边去工作。”

“但是你从未跟别人提过这些。”

“是的，我为什么要说呢。社区组织已经铲过雪了。”

马特兹点点头。

“松德布卢姆夫人快要从艾美林家退休了，”里杰伯利接着说，“据说对于她的腿脚来说山路很难行走，但是同时有另外一些说法。”

马特兹听也没听，再一次点点头。

他们彼此道别，分道各自离去。

杉树立在兔子别墅的旁边，使得后院总是有一片影子。“它很孤独，”马特兹这样想，“这是一栋孤独的建筑，也许它的规模过于庞大了。”狗还是蹲在它习惯的地点，在厨房间的台阶上用两只前爪抱住鼻子。

“你就是马特兹，”安娜·艾美林说，“你能来真的很好。而且我看到你把工具也带来了。但是窗户修理并不是那么紧急的任务……现在把鞋脱了进来吧。”她看了看狗说，“为什么不让它进屋暖和暖和呢？你姐姐从未让它进过屋。”

马特兹回答说：“狗还是让它待在屋子外面吧。”

“那么如果它渴了的话是让它吃雪吗？”

“我猜不是吧。”

“真是一条不错的狗，”安娜说，“它叫什么名字？”

“奶奶您别担心了，它过得很好。”马特兹边脱鞋边说道。

主客二人在客厅里喝着咖啡。马特兹尽量不和她攀谈，只是偶尔微笑一下，用一种欣赏的眼光环视她，这让安娜非常高兴。

“这是雪倒映的光，”她说，“在雪的照映之下，一切都变得光彩夺目。”安娜很喜欢马特兹·柯林，他一进来，安娜就觉得心情不错。这姐弟俩的性格也差太多了，但是都属于不善言谈那一类。

“你知道吗，”安娜说，“一开始我有点害怕你的姐姐，我这样是不是有点傻。”

“是很傻。”马特兹同意地笑了笑。

“我居然会对一条陌生的狗有点肃然起敬了，虽然它只是静静地待在那里。我很高兴的是，卡特丽承诺会来帮我做清洁……”

松德布卢姆夫人可怕的身影在她的脑海里闪过，安娜摇了摇头叹了口气，一切又重新变得安静下来。

马特兹说：“我看到奶奶您在看《吉米非洲历险记》，这是一本好书。”

“确实不错。”

“是的，但是《吉米澳洲历险记》会更好看。”

“你看过这本书吗？故事里面他还带着杰克吗？”

“不。杰克被留在了南美。”

“真的？”安娜说，“这太可惜了。我的意思是，两个好朋友要是一开始一起去探险的话，他们就该一直走到最后，否则这就是在骗人。”她站起身来说，“来看一下我的书吧。你看过《林海日记》吗？”

“没有。”

“那么杰克·伦敦的书呢？”

“图书馆里他的书被别人借出去了。”

“亲爱的年轻朋友，”安娜喊道，“在读过这些书之前，请不要和我讨论它们，也不要对历险说任何一个字，你对这个领域一无所知。”

马特兹笑了笑。安娜高高的书架由白色石柱雕刻而成，他们一起从书架下面穿过，一边讨论着各种他们认为重要的问题。安娜的书架上除了历险类的书籍没有其他类别，这些历险书籍内容各异，上天下地，赴汤蹈火，深入地心、海底，坐热气球旅行等，都是一些很古老的书。它们都是安娜爸爸长年累月收集起来的，在他人看来这是在荒谬的幻想中获得自由。有时，安娜在想，她的爸爸教会她一定要尊重的东西就是这些藏书，但这是个隐蔽的想法，她不允许这个想法令爸爸其他的教育理念失色。

马特兹带着一大包书籍回到家，但原先修阁楼窗户的事情一点都没提及。他承诺明天把《吉米澳洲历险记》这本书带来。安娜跟城里的书店通了很长一通电话。

马特兹把窗户和水管修好了。他把积雪也铲除了，砍了柴火，把安娜漂亮的炉子点着了火。但是他通常去安娜家里只是为了借书。一种小心翼翼的、近乎难为情的友谊在安娜和马特兹之间萌生出来。他们又谈论自己看过的书。他们聊的时候，不用特意说明，就能知道彼此聊的是哪一套连环故事集里的主人公，是杰克，是汤姆，还是最后做了这样那样事情的珍。他们的对话就好像是在闲聊身边的熟人一样，但是又不会让这些人觉得难受。他们或批评或赞扬或匪夷所思，他们评论着幸福的大结局，财产被公平地进行了分割，有情人终成眷属，而坏人的命运总是悲惨的。安娜又读了一遍她的书，就仿佛书里的人都成了她的朋友一样，这些人都或多或少经历过一些冒险。她很愉快。当马特兹晚上来访时，他们会在厨房间里一边交流看书心得，一边喝着茶。卡特丽一来，他们就安静下来，一直等到她离开为止。后院的大门被关上了，卡特丽回去了。

安娜询问："你姐姐读过我们的这些书吗？"

"不。她只读一般的小说。"

"她真是个有个性的女人，"安娜说道，"她在数学上也很有天赋。"

第十章

早春的第一场暴风雪从海边吹来，一场猛烈的暖风。雪虽然很大但已显出疲态，在森林里成块地落下，很多枝杈被大雪压垮，获得了自由。整片森林都在躁动。傍晚，安娜在屋后的树下散步，她驻足倾听着这一切。大自然仿佛已经嗅到了春的气息，一股强烈的不安涌上安娜的心头，她感受到了春的召唤。在她聆听之时，兔子别墅前面的样貌发生了改变，它变得更加拘谨和严厉。森林在风暴的侵袭之下发出阵阵呼啸，时而像音乐一样美妙，时而像远方传来的呐喊。安娜点了点头，漫长的春天拉开了序幕。

她很快就能靠近大地了。

*

第二天暴风雪仍在继续。卡特丽回到家在台阶上跺了跺脚上残留的雪。杂货店挤满了人，充斥着刺鼻的汗味和剑拔弩张的气氛。松德布卢姆夫人突然开口说话了，大家瞬间安静了下来：“你好呀。艾美林女士今天感觉如何了？有什么新的画作吗？”

杂货店老板笑了起来。卡特丽从他的身旁经过，朝楼梯走去。

胡斯尔摩家的伊米说：“看吧，我早就说过，如今是多事之秋，大家睁大眼睛看看吧。他们也会到这里来的，没有多少路途。大家晚上快把门窗都锁好吧。”

“警察怎么说？”里杰伯利问道。

“警察能说什么。他只是在周围转了转，随便问了点问题，然后就回家写报告去了。据说发现了一些沾满湿雪的绳子。”

“上帝保佑，”松德布卢姆夫人说，“艾美林女士甚至没有给自己的门配一把合适的锁，现在她总得重视这件事情了。”

卡特丽在台阶上停了下来。

“她什么都没说吗？可怜的人。”里杰伯利问道。

“没有，她只是听见房间里有异动，等到她靠近的时候，下一秒头部被猛击了一下，事情就是这样。”

马特兹躺在床上看书。“嘿，”他说，“你听说过轮船被入室抢劫吗？”

“我听说过。”卡特丽一边说着，一边挂起大衣。

“这难道不吓人吗？”

“是的，非常。”她回答说。她倚着窗边的桌子，背对着马特兹，随机挑选了他的一本书翻开，屋里又陷入了平静。卡特丽永远也不会发现，这本隐含了她的想法的书名叫《卡勒智斗警察》，书里的办法也很不错，但她就是没有读出其中的幽默。

卡特丽计划冒险闯入兔子别墅，哪怕一瞬间她都不能从她那幼稚的企图中抽离出来。她知道自己只有一次机会，在大风和村庄重归平静之前她必须展开她的计划。

那天的后半夜，卡特丽给了狗一个信号让它跟上自己。

她拿着手电筒，戴着手套，携带着一个装土豆的麻袋，顶着风雪出了门。大风像她看过的最好的探险小说里面所描述的那样，从海边呼啸而来，看清楚前路都非常困难。这时手电光的作用已经变得微乎其微了，她一次又一次地被风吹到路边，她又重返正道。行动变得非常迟缓。她迷路了，所以在分岔口，需要再次寻找道路。狗待在了厨房间外面熟悉的地点。但这次卡特丽没有脱去靴子，相反的，她直接把这双沾满湿雪的靴子踩在了地毯上。风吹进了屋子里，就像忽然闯入一个来者不善的访客，杀气腾腾。卡特丽把手电筒放到一旁的桌上，上面家人用的银饰品排成一列——都是卡特丽把它们擦得透亮的——在狭长的光柱照射下，她把这些银饰品统统装进麻袋：水壶、糖罐子、奶酪罐子、茶壶、甜点碗。她小心翼翼地打开每一个抽屉，把里面的东西全部搬到地板上来。当她离开时，厨房间的大门敞开着。

这是一次再简单不过的闯入了，卡特丽把它当作一次纯粹的练习，没有任何演戏的痕迹，也不带任何道德素质谴责。她像把赌博中的筹码盘换了个位置一样，而安娜就和一个不得不面对新回合的对手一样。

卡特丽在乡间的马路边上，扔掉装土豆的麻袋，然后回家。

她安稳地睡了很久，这在有记忆以来还是第一次，美梦连连而没有一点纠结和焦虑。

安娜对于陌生人的闯入表现得让人出乎意料的平静，但村民们早已备感不安。他们不认识安娜·艾美林，大部分人几乎都不知道她长什么样子，因为她几乎不出现在村子里，她已经变成了一种概念，一个一直保存在那里的古老的地标。把手伸向老艾美林女士的兔子别墅是很见不得人的行为，这种行为就跟洗劫了一间教堂或者神龛无异。邻居们一个接一个地到来表达他们的慰问之情。那些从未进过兔子别墅的人亲眼看到事发现场时，又吃了一次惊。餐柜的抽屉被七零八落地扔在地板上，没人去碰，在警察到来之前任何东西都没有变过。安娜解释说会有指纹留存在上面。那个装满银饰品的土豆麻袋靠在厨房间的门里，也没有人去动它。大部分的访客带了点喝咖啡时吃的饼干来，里杰伯利带了一小瓶白兰地。

安娜很享受和镇上的警察开会的过程。她聊了很多也澄清了很多事情，竭尽全力帮助警察还原出一个真实的犯罪现场。卡特丽为每一个人准备了咖啡，安娜也得到了很多的好建议。尼加德夫人做了一个总结，给出了一个通俗的意见："在现在镇子非常不安全的情况下，安娜·艾美林不能再独居下去，村里不会为这种事情负责任。”尼加德夫人建议卡特丽·柯林做暂时的保镖，她的狗也可以在门口把守一段时间。尼加德夫人被尊称为一个老练而经历丰富的人，甚至警察也认为她说得很对。在喝完一杯咖啡之后，他马上回到了城里开始写报告，村民们纷纷散去，只留下安娜和卡特丽两个人待在客厅里。

“好了，好了，”安娜说，“我这里完全成了一个马戏团。但我不明白的是他为什么不取指纹存证。这是常规的做法。而且盗贼把麻袋扔到了沟里的行为也让人匪夷所思。他到底是看到谁了，这么慌慌张张的……晚上没人会在野外晃荡。难道是狗？他把偷到手的东西扔在地上肯定不是良心发现……你相信一条狗会在夜里出去溜达吗？”

“我相信。”卡特丽说。

安娜坐下来想了一会儿，突然问卡特丽是否读过侦探小说。

“我从没读过。”

“我们也没读过……我坐在这儿一直在想尼加德夫人的话……如果在早晨做这样的案子不是很困难，但是在夜幕降临之时却很难。你能承诺和你的狗一块过来陪我，真是太好了 。虽然只是短短几个夜晚，但我会很快忘记所发生的一切。遗忘对我来说非常容易……”

第十一章

卡特丽搬到了兔子别墅，她的狗也在厨房门外的门廊上找到了栖身之地。第一天，卡特丽显得局促不安，那些再简单不过的事情，她似乎也没法胜任。她对一件事情非常确信，她必须在这个家里轻手轻脚，尽量不那么显眼，对安娜那长期固有的生活不进行丝毫干涉。而且时间短暂，必须争分夺秒。卡特丽只有几天的时间来攫取房子的所有权，而且还要说服安娜即使有人做伴，学会自立也是好事。但是安娜只是靠在火炉旁边取暖。她感到异常寒冷，而且也想知道为什么她的房间里显得如此空旷和冷寂。

卡特丽进来说了声晚安。“我觉得，”她谨慎地说，“我觉得你这门锁没什么用……”

“什么？”安娜突然站起来说道，“什么锁？”

“我的意思是，门上没有好好配把锁。你要是现在开始随手关门的话，那这习惯要一直保持下去，我的意思是你要多留心一件事……”

安娜有些生气。“你在说什么？”她说，“为什么我要随手关门？这个地方已经够憋屈了！你就放一百个心去睡觉吧。”

*

早晨，卡特丽不动声色地把早餐放到了安娜的床前。壁炉也燃着了，一碗豌豆汤，她的裙角也修补好了。安娜的餐盘旁边，一本书正别着书签打开着。到处都是诸如此类细小的关心之举，一整天都有。但是卡特丽继续保持隐形的状态。安娜觉得越来越不舒服，房间里仿佛有一个精灵一般，就像经常出现在民间故事中的城堡里，又听话又有魔力的精灵一样，连时常出现的微小生物都销声匿迹了。你可能会突然瞥见一个什么动作,但一转身便又失去踪影。这时有扇门关上了，仍然没听见任何动静。

这是她独居生活中的第一次，安娜感到了房间的安静，这让她心里发毛。傍晚，她一个人来到厨房，仔细观察着狗。厨房里空荡荡的。她跑到二楼冲着门外大喊：“柯林女士！你在吗？你到底在哪里？”

卡特丽打开房门。“发生了什么事？”她说,“怎么了？”

“没什么,”安娜说,“就是没事才不好。你总是蹑手蹑脚，我从来都不知道你在哪里，就像藏在墙里面的老鼠一样。”

*

卡特丽改变了她的策略。她那轻快的步伐每个角落都听得见，她刷盘子，在院子里伐木，而且经常询问安娜关于这个或那个的意见。终于，安娜说：“亲爱的柯林女士，为什么你总是问我一些自己能独立解决的事情呢？你不再是一个人。我保证你不需要再这样忧愁，没有什么值得紧张的。”

“艾美林女士，我不是很理解。”

“入室抢劫这事没人能理解，”安娜很不耐烦地说，“盗窃的事情。”

卡特丽开始大笑。她极大的笑声中没有任何杂质。她的脸整个儿咧开，现出一种纯粹的欢快，露出漂亮的牙齿。

安娜仔细盯着她看，说道：“我从来没见你笑过。你不经常笑吗？”

“是的，不是很经常。”

“那么有什么值得高兴的？就是因为盗窃的事情？”

卡特丽点点头。

“好吧，是很有趣。但是话说回来，你不再是你自己，无论什么原因。你比以前更好玩一点。”

三点钟的时候，电话铃声响起，卡特丽去接了电话。

“居然是你，”杂货店老板说，“艾美林女士不再自己接电话了吗？请转告她，警察捉到盗贼了。他们在作另一起案的时候被当场擒获。真不知道门房保安是如何尽职尽责的。”

卡特丽说：“给我送两瓶牛奶和一些酵母来，一块儿记在账单上。”

“你现在还要烤面包？听起来整个兔子别墅现在由你做主。”

“是的，就是这样。如果缺其他东西我会再打电话来的。”卡特丽挂断电话，转身往厨房走去。

“为什么杂货店老板会打电话过来？”安娜在她身后问道，“他以前从没有主动打过电话。”

“我预订了一些酵母来发酵面粉。”卡特丽在半开的门前停住，直视着安娜。最后她快速地说了一句，“他们抓到了那些人。”

“你说什么？”

“入室盗窃的贼。危险已经过去。”

“哦，这真是个好消息，”安娜说，“我感到很意外，我没有想到警察的办事效率如此之高。顺便提醒一下，以免我忘记，需要让马特兹去看看你房间的壁炉吗？它从来都没正常工作过。如果这种糟糕的天气还将持续的话，你会被冻生病的，或是发生什么其他的意外。”她轻描淡写地加了这一句后，又回去看书了。

*

到了傍晚时候，卡特丽取了一些柴火来客厅里取暖。“空气太潮湿了，”她说，“有必要给堆在外面的柴火盖层东西。一个木头罩子。”

“不行。爸爸没有木头罩子这种东西。”

“但是马上会迎来雨季。”

“亲爱的柯林女士，”安娜说，“我们通常把柴火堆在房子的旁边，加一个罩子会破坏这个建筑的线条美。”

卡特丽露出不快的苦笑说道：“这个房子没有那么漂亮，而且这阶段它看上去更糟糕。”

当木材完全被点燃时，安娜坐在炉子前面说道：“燃火取暖真好。”之后还漫不经心地加了一句，“你帮我把这栋房子过去常有的感觉给恢复起来了，这真让人感到愉快。”

第二天，安娜提议他们三个人可以来一个小型的聚会。这一天卡特丽没有在厨房吃饭。他们摆上了银制的餐具、红酒和蜡烛。

安娜对餐桌上的摆设非常讲究，坚持对一些小的细节安排做了调整，这是像卡特丽这样年龄和背景的人闻所未闻而且从不当回事的。马特兹准时到来，他态度很友好，但有些紧张局促。她们按位置就座。安娜为了享用晚餐特意装扮了一番。安娜从没有表现出任何的不安，但是今天她那温和而又敏感的性格却和往常不同。她似乎没有注意到客人的沉默，纵使没有任何话题，晚餐却如此自然而然地进行了下去。每一次卡特丽要站起来为她服务时，安娜总是迅速抬起头将目光移开。餐桌在水晶吊灯的映衬下显得非常别致，所有灯都亮着，甚至烘烤出来的小面包都闪烁着光芒，孤独之感一扫而光。

安娜握住酒杯但是没有端起它来。她这突如其来的举动传递到了她的客人们眼里，时间锁定在这一刻，整个屋子像照片一样僵硬。甜点被端了上来。

“关注，”安娜说，“我从来不太关注别人。至少不会经常发生……这需要经过很长时间的观察和思考，去发现对方到底需要什么，渴望什么，这是只可意会不可言传的。当然，很多时候我们并不了解自己。或许我们会认为对方喜欢孤单，但事实可能是完全相反的，对方喜欢有人作伴……我们其实料不到，或者说不能每次都料中……”

安娜停了下来，寻找着恰当的词语，举起了她的酒杯一饮而尽。“这酒有点酸。我不知道是不是放的时间太长了。我们的壁橱里是否还有未开封的马德拉？算了吧，就这样好了。别打断我。我想说的是，只有很少的人愿意花时间去理解和倾听，去真正走入另一个人的生活。那天我认识到你是多么的与众不同，柯林女士，你能把我的签名模仿得如此之像，就像我自己写的一样。你的思想是如此有个性，你只对我用心良苦，而不是其他人。很不寻常。”

“这没什么奇怪，”卡特丽说，“马特兹，把奶酪递过来。要做的就是观察而已。你观察某些习惯、行为模式，你看到了缺失的、不完美的地方，然后去满足它。这只是惯例罢了。尽最大的努力去做好它，然后等着瞧。”

“什么等着瞧？”安娜怒气冲冲地说。

“究竟会如何发展，”卡特丽直视着安娜，她此刻的眼睛显得如此深黄。然后她放慢语速说：“艾美林女士，一个人做的事情对于另一个人来说毫无意义，唯一重要的就是看做事的目的是什么，他到底想要的是什么，想达到的结果是什么。”

安娜放下酒杯看了看马特兹，马特兹对她微微一笑，他对加入这种谈话没有兴趣。

“柯林女士，”安娜说，“你担心的是这种奇怪的事情。如果一个人用快乐的方式来帮助你，或者让另一个人获得快乐，那么这就是事情本身……那瓶马爹利是什么情况，你去看看是不是进口的。不管怎样把你能找到的爸爸最好的酒杯拿来，在柜子最上一层，靠右边。请不要打断我，我还有很多话要说。”安娜很不耐烦地等待着。当杯子盛满了美酒，她近乎愠怒地宣称，既然楼上的屋子都空着没人住，那么让卡特丽和马特兹搬进来住的安排是很正常的事情。她忘记了干杯的提议，从餐桌上站了起来，祝愿他们有个美好的夜晚，剩下的明天再说，然后交代马特兹把灯熄灭。

一回到房间，安娜就被惊恐所胁迫。她站在门后，极度暴躁地等待着，但是卡特丽始终没有进来。她应该来的。最后，安娜爬进床罩中做出了一个无法挽回的决定，不再一个人独居。她太不开心了，死寂持续了太久。安娜掀开床罩，从床上跳了下去。客厅里空无一人。在前厅，她从未有过地结结巴巴地和狗说了两句，嘟囔着表示抱歉，出门向雪中走去。

大门在她的身后随风摇摆。她朝树林走了几步，冷风在她身旁吹过，像对她发出温柔的警告。她停了下来。卡特丽安静地站在厨房间的窗户旁边，等待着。安娜回来了，门被砰的一声关上，平静持续了很长一段时间。安娜非常生气地大声喊叫：“柯林女士！你的狗在掉毛，它的毛落得到处都是，你需要帮它打理一下。”

卡特丽一直等到安娜的脚步远去才深呼一口气，继续安静地清理着盘子。

第十二章

搬家需要用到里杰伯利的货车，需要搬的东西非常简单：一些纸盒子、两个皮箱、一张小桌子、一个书架。

“没问题，”里杰伯利说，“这是轻车熟路的事情。并不是每个村子都有它自己的交通工具！”听到他开玩笑的感觉很好。卡特丽将杂货店二楼的屋子清扫干净，虽然不辞辛劳地进行了清扫，但是怨气冲冲，就好像妇女生气不能打架，只能把力气撒在打扫上。她将邻居们遮遮掩掩的议论、带有嫉妒和伪善的示好都一扫而空，将黑夜里的愁思也一块清理，但是打扫最多的还是门前的过道，店老板经常以各种托词在那里走来走去，警觉地停下，等待着一些信号来告诉他是否能偷听到一些秘密，或是抓到一些很小的把柄来满足他的邪恶欲望。最后，整个房间变得一尘不染，洁净得就像一块海浪刚刚冲刷过的礁石。

里杰伯利将箱子装载上车。“跳上来吧，小女巫，”他说，“就像灰姑娘进入城堡一样！”他一启动汽车，杂货店老板就大喊：“给艾美林女士带个好！告诉她我抓了很多兔子，很新鲜，刚刚被宰杀！正好为她准备着……”村里的孩子们追着货车跑了一段，尖叫着将雪球向它扔去。

“这种感觉就对了，”里杰伯利说着对卡特丽笑了笑，“当人们降生到这个世界时，就是要有一场大的骚乱。”

*

安娜给自己的发小苏尔维亚打了个电话，她住在城里头。此刻她不知道还能给谁打这个电话。

“我们有一段时间没见了，”苏尔维亚用那悦耳的语调说道，“你在大森林过得还好吗？”

“很好，一切都非常好……”安娜快要窒息了。她们快要相聚了。她迫不及待地把将要发生的事情告诉她的朋友——卡特丽、马特兹，还有他们的狗……一切都将改变，每件事情……

“你真接收了房客啊？”苏尔维亚说，“你没有必要这样做。我的意思是，你一个人不是也过得挺好的吗？顺便问一句，你现在画了什么新的画吗？有没有新的小故事什么的？”

苏尔维亚对她工作的兴趣对安娜来说非常重要，但不是现在。安娜气急败坏地回答说，她冬天从不工作，这点苏尔维亚应该很清楚，当话题转到关于卡特丽的消息时，她不自觉地从阳台的窗户向山下探望。

“但是亲爱的，”苏尔维亚停顿了一下说，“你的声音听起来有些迟疑。你还好吗？”

“是的，我很好……”

安娜的朋友开始跟她描述，她对公寓所做出的各种改造，然后谈起了马上要开始的周三艺术聚会，这是安娜必须要参加的，应该来看看，拜访一下，一直不出门不走动是不好的，她也当然记得多少年来她一直是一个寡妇。她不应该一个人生活，一个人生活的话很容易胡思乱想……

“但我不会再独居下去！”安娜说，“这就是我要告诉你的事情！我们家里将会有四个成员，你听明白了吗？四个成员，包括一条狗……”里杰伯利的车已经来了。“他们来了，”她小声叨念着，“我必须要挂电话了……”

“好吧，我们下次再聊。现在照顾好你自己，当你做决定时要三思而后行，以免做一些让自己悔恨的事情。对于房客，你可要当心再当心了。我听到过很多事例。就像我曾经说过的，如果你有时间的话就来看看我的小窝。”

“好的，好的，当然……再见，我必须得说再见了，再见……”

“再见，小安娜。”

他们已经开到了山上。安娜紧贴着窗边站着，看着他们的到来。她的心脏开始用一种本能的频率跳动，真想沿着路的方向逃得越远越好。太愚蠢了。为什么她要这样做……她之前对苏尔维亚挺客气的，她是如此喜欢和敬重那个人，现在她却居然提高嗓音而且显得很不耐烦，但苏尔维亚却仍然冷静地思考甚至还有心思去询问她工作的情况……她不应该打这个电话。但是找一个她完全信任的人倾听也是应该的，仔细地倾听，时不时地问些问题，还会随声附和地说：“这听起来很棒！”或者是，“亲爱的安娜，这真是一个令人兴奋的决定！你完全清楚自己需要什么，并付诸实践——这样很好！”

*

马特兹和安娜上了二楼。他说：“你能相信吗，女士？我以前从未有过自己的房间。”

“没有过吗？好有标志性的时刻。现在我所想的是如果卡特丽占了那间粉色装饰的屋子，你可以选蓝色那间。那种色调现在非常流行。”

他们站在门外观察着。马特兹一言不发。

最后安娜说：“你不喜欢它吗？”

“这房间美极了。但是你知道的，女士，它太大了。”

“怎么会呢，太大了？”

“我的意思是，对我个人来说，从未使用过如此大的一个房间。”

安娜有些揪心。她解释说没有比这间更小的房子了。

“你确定吗？女士？当人们在建造这栋房子的时候，他们通常会留下一些小的漏洞。他们因为一时疏忽会在天花板下面留下一些额外的空间。”

安娜想了一会儿说道：“有一间女佣的房间。但是里面堆满了各种杂物而且很冷。”

他们一起到了女佣的房间，这里确实非常冷。家具、装饰物，各种杂物被毫无章法地随意摆放在房间的各个角落。冬天的光，透过远处走廊房间里的窗户远远照射进来，映出杂乱无章的形状。

“这个看起来很好，”马特兹说，“非常不错。我能把这里的杂物搬到什么地方去呢？”

“我不是很清楚……你确定你真的喜欢住在这里吗？”

“确定，但是我要把这些东西往哪里放呢？”

“随便你。哪里都行……我想我应该去躺一会儿了。”安娜对这个房间充满恐惧，这儿充斥着她的恐惧和无以言明的悲观情绪。她离开时还感觉到房间一直在她的身后。一幅很久以前的画面出现在她的脑海之中，画面里，女佣贝塔还是很久之前、非常年轻的样子，她长期住在楼上这间令人生畏的屋子里。贝塔逐渐长大而且总是睡眼蒙眬，她一有空就会去睡一会儿，随便拉个铺盖就能睡。“好可怕。”安娜想。“我记得每次需要她来照顾我的时候总是会把我送到这儿，可是我每次来都要叫醒在熟睡中的她。她发生了什么事情？她搬了出去吗？她病了吗？……我记不清了。还有那些家具，我们放到哪里去了？我已无法辨认，但它们一定在某个地方，这是一件很重要的事情……它们一定在某个时刻牵动着某些人的心……”

安娜躺在床上看着天花板。房顶的吊灯旁边装饰着一圈长长的、雕着玫瑰的顶角石膏线，也有卧室房间里装饰的彩带。她仔细倾听着。楼顶上重物被拖动着，砰的一声被放到地上。脚步声来来回回，然后是一阵了无声息的沉寂。接下来又是一阵物体拖拽的声音，楼上的每样东西都被挪动了位置、每样过去躺在安娜·艾美林卧室里的东西，曾经像天堂一样纯洁的地方，遥远又不受打扰的那些东西，如今都被粗暴地挪动走了。“这样的话，”安娜自言自语道，“每个人对家居都有自己的想法，我现在想去睡一会儿。”她用枕头盖住了自己的头，但是迟迟不能入睡。

*

“你把东西都放哪儿去了，你在哪里找的地方？”

“我们没找地方，”卡特丽回答说，“我们只是把部分杂物拖到了外面雪里，剩下的让里杰伯利统统拉到城里去拍卖了。如果成功交易，他会把钱上缴的，虽然可能不是很多。”

“柯林女士，”安娜说，“你这么做是不是太武断了点？”

“有可能，”卡特丽回答说，“但请想想看，艾美林女士，想象一下如果我们把所有丢弃的家具放在你的面前，每件都破破烂烂，也没什么用处。你还必须去决定哪些该回收，哪些该抛弃，或是卖掉。现在所有的东西都被安置好了，这不是很好吗？”

安娜沉默了一会儿，最后说：“或许吧，但是你们这种做法太武断了。”

在雪的深处有很多废弃的垃圾在等待着雪的侵蚀，爸爸妈妈已经没有能力去保护他们曾经的私有财产。“如此的明显，”安娜想，“冰雪在渐渐地衰退，它渐渐地融化直至消失。非常明显，而且毫不犹豫。我要去告诉苏尔维亚。”过了一会儿，她又觉得它们不会消失，至少不会全部融化，它们会漂浮到其他的海岸，会有其他人发现，并追问它的来历和漂来的原因。不管怎样，每一件事情都不能说是安娜的错。

第十三章

宁静重新降临兔子别墅。马特兹像他的姐姐一样行动时蹑手蹑脚，以至于安娜从来不能确认他是否在家。有时他们会在门口偶遇，马特兹停下脚步，用自己特有的姿势愣了一会儿，对她笑了笑，点了下头就走开了。安娜和卡特丽一样，也感受到了她弟弟的害羞，当他们偶遇时，她从不说话，而且也没有必要和他寒暄，以免打扰他，他们常常在楼道上擦身而过，然后各自朝不同的方向走去。马特兹和安娜只有看书时在一块儿。除此之外他们更喜欢独处的生活。

有时安娜会听到屋里有敲打的声音，但她不会去查看。马特兹在船坞工作时，也同样不被人关注，他也从不向别人展示自己做的事情。他只是随便转转看看哪里需要修理，然后修好。在兔子别墅，很多地方都已经生锈、腐朽或是发霉了，虽然不是很多，但这使这个老旧的房子显出疲态。安娜常常会发现门坏了，或是窗户打不开了，不能再拖动了，一盏废弃很久的灯重新亮了起来，很多琐碎小事都能让她喜笑颜开或是大吃一惊。“真意外，”安娜想，“我喜欢意外之喜。当我还很小的时候，他们总是把复活节的彩蛋藏在屋子的各个角落，让我们去寻找，很小却又五彩缤纷的鸡蛋用黄色的羽毛装饰着……我走进去，东张西望，四处找寻，黄色的绒毛是找到它们的最佳线索。”

晚上在餐厅喝茶的时候，安娜想要对马特兹表达感谢，但她很快意识到，这只会使他感到不自在，于是她没有再多说什么。他们各自看着自己的书，一切顺其自然。

这时，安娜突然意识到她是如何安排自己的时间，以及她平时没有做的事情，这让她感到前所未有的不安。她开始越来越多地检视自己每一天的行为，已经浑浑噩噩度过太多的时间了。在安娜独居期间，她根本没意识到自己因为睡觉而浪费了多少时间。让睡眠来得更柔软朦胧，像雾像雪一样，就像反反复复读同一个句子直到眼前变得模糊，直至一片漆黑，醒来后可以轻易地找到上次读到的部分继续读下去，就像只过了几秒钟一样短暂。现在安娜清楚地意识到自己要去睡觉了，而且要睡很久。没人知道，也没人会去打扰她。但那简单却又难以抗拒地打个盹的需要会变得难以实现。她醒了一会儿，睁开眼睛，抓起书本倾听着。四周非常安静，只有楼上有人走来走去。

安娜·艾美林不再早睡，在这种又黑暗、又没有兴趣做其他事情的日子里，按时钟规律地生活，反倒更加贴近自然。现在她努力保持着清醒。她在屋子里发出很多噪声，楼上的人只好以为，她疯了。当安娜最后允许自己上床睡觉之时，她还是睡不着，躺在床上倾听着，整栋房子有了一个全新的秘密气氛，充斥着微弱而又不确定的声响，就像在仔细探听一个重要且距离遥远的对话，只能断断续续地听到一到两个词，但是不可能清楚地听到全部的内容。

一天晚上，安娜久久不能入睡，她变得非常焦躁，她披上大衣，穿上拖鞋，拖拖拉拉来到厨房取了一杯橙汁和一个三明治。狗蹲在厨房的门旁边用黄色的眼睛盯着她看，这个大家伙像一个雕塑一样一动不动，只有眼睛在不停地转。“做你该做的事去吧。”安娜轻声说，漫无目的地在一旁绕来绕去。冰箱里有了新的摆放顺序，每样东西都被包起来放到塑料盒子里，所以别人根本不能分辨出哪些打开了，哪些没有。

基于这个理由，整个厨房焕然一新。对于所发生的改变，安娜一无所知，但无论如何，这已经不再是她原来的那个厨房了。当一切还是原来样子的时候，安娜晚上要是饿了，她会从橱柜里拿出一罐豌豆罐头打开，在不加热的情况下用勺子挖着，一边吃，一边静静地观察夜幕照耀之下的后院。然后她会舀一勺果酱，吃完再安静地回到床上。现在一切都变得不一样了。这个晚上，当安娜照常去拿果汁喝时，会感到紧张而又急切，像是在做什么不被允许的事一样，她看都没看，就把浓浓的果汁倒在杯子里，手忙脚乱地把果汁撒在了台子上。毫无疑问，卡特丽就站在旁边。她像往常一样一声不吭地，静静看着安娜的所作所为。

“我只是想喝一点橙汁。”安娜解释道。

卡特丽说：“等一下，我把这里清理干净。”她拿了一块抹布，把红色的液体擦干，然后到水槽里面把它拧干。

“就让它这样吧，”安娜说道，“我需要的仅仅是水，水而已！”她把水壶打开，由于力气过猛，水顺着滴到了地板上。

卡特丽说：“在你的床边放一杯水岂不是更好吗？”

“不，”安娜说，“我不想如此完美。”

“但是你也没有必要到厨房来。”

“柯林女士，”安娜说，“我可能告诉过你，我爸爸从来不让他的佣人给他送报纸，他希望自己去取。每天早晨他都会去杂货店拿自己的报纸，第一个把它读完。把这块抹布扔到垃圾桶里去。”安娜在餐桌旁坐了下来重复道，“扔了它。我们不再需要的东西就应该扔掉。”

“艾美林女士，我们住在楼上打扰到你了吗？”

“完全没有。我听不到你们的声音。你们总是蹑手蹑脚。”

卡特丽站在水槽旁边。她从口袋里拿出香烟，但是马上意识到这里不能抽烟，很快又放了回去。

“继续，”安娜急躁地说，“你抽吧，爸爸以前经常抽烟的。”

当卡特丽将烟燃着，她开始慢慢说话，像在寻找词语一样：“艾美林女士，我们或许应该把这件事当作一个单纯的事件，我们要达成共识。马特兹和我都将严格遵守这个约定，如果你愿意的话，也可以加入进来。这是一项互惠互利的交易。做多少事情得多少好处。我知道不可能尽善尽美，但是它的缺点会越来越少。我们共同来完善它，共同遵守大家自愿达成的协议。我们能把它当作一项权利与义务并存的契约吗？”

“互惠互利的交易。”安娜着重重复了这句话，眼睛看着天花板。

“一个契约，”卡特丽继续说道，“订一个契约比你想象中的任何东西都管用。它不只是用来束缚我们的，我了解到很多人活在契约下反而轻松。它能把人从未知和迷惘中解放出来，他们不再需要做出任何选择。双方达成一致，规定各自的责任。它是一种，或者说必须是人们为了做到公平而相互之间深思熟虑后所达成的共识。”

“我想你是正确的，”安娜说，“你们梦寐以求的只有公平二字。”她把双手放在桌上以放松后背，她感到睡意袭来。

“公平，”卡特丽继续说道，“没有人可以百分百确信自己受到了公平和诚实的对待。但是我们竭尽全力去争取相同的待遇……”

“你现在是在说教，”安娜打断她的话，站了起来，“你什么都清楚，亲爱的柯林，但是你知道吗？我们这样或那样安排事情，但是最后一分析，我们总是给自己留下个尾巴。”

卡特丽开始发笑。

“我的妈妈曾经说过这样的话，”安娜说，“每当她对解释感到厌倦的时候,就会这么说,现在我想我必须去睡觉了。”她转身刚要回到自己的卧室，“柯林女士，我有一些事情想问你，你生过气，而且很粗鲁地说过话吗？”

“我生过气，”卡特丽说，“但是我觉得我从没有粗鲁地讲过话。”

安娜·艾美林已经习惯了自己的房子里住着人但是却看不见的状态。她的一生已经习惯了许多事情，习惯到她最后已经对任何事情不感到害怕了，现在她又照葫芦画瓢。很快她就不再听到楼上传来脚步声，除了风声、雨声和客厅里挂钟的滴答声，唯一一件她没有习惯的事情是那条狗。她仍然绕着它走，每次经过它身边，她会对这个一动不动的东西轻声说话，说一点她不得不说、也不能听见反对声的事情。

安娜给狗取了一个名字，因为没有命名的东西都会飘忽不定。她为了排除对狗的恐惧给他取名叫泰迪。安娜清楚地知道，她不能干涉这只训练有素的狗，所以她私下里喂给狗一些食物的做法是不好的。“吃吧。”她小声地说，“快吃，小泰迪，在她来之前把这些都吃了……”但是有时候，当它用黄色的眼睛盯着她看时，她也会发出嘘嘘声：“老实待在自己的地盘上，你这个可怕的大家伙。”

第十四章

“苏尔维亚，”安娜通过电话机的话筒大声说，“你在吗？我给你打了好几次电话但你都不在……我打扰到你了吗，你那里有客人吗？”

“在陪我的女客人们，”苏尔维亚说，“今天是周三，你知道的。”

“什么周三……”

“文化社团。”苏尔维亚清楚地说。

“我知道了……我稍候再打给你吧？”

“随时都可以，我听到你的声音总是很开心。”

“苏尔维亚，你不来这里了吗？我的意思是你不来看看我了吗……”

“我当然会来的，”苏尔维亚说，“只是没有实现而已。但是我们确实应该多走动走动,在一起谈谈旧时的趣事。我看，我们下次再聊吧，好吗？”

安娜在电话机旁边伫立许久，盯着窗外的铲雪机发呆。巨大的失落感笼罩着她。有这样一个朋友，你十分崇拜，但却很少见面，你还将本应藏在心底的事情，都告诉了她。苏尔维亚是安娜的朋友中唯一一个能与她高谈阔论自己工作的人，毫无保留，骄傲与失望的情绪搅在一起，同时涌入心头。这种情绪因苏尔维亚而起，多年以来，对她的信任也已慢慢殆尽。

我不该打这通电话，安娜这样想。但是她是唯一了解我的人。

第十五章

胡斯尔摩家的伊米在结冰的海面上凿了一个捕鱼的洞，离岸边临时搭的小窝只有几百米的距离。有时伊米的妻子会帮他检查渔网上是否有东西，有时是马特兹。他会亲自把网收上来，陪他一起去的那个人负责收线。捕到的东西数量不会很多，只有一两条能维持生计的鳕鱼罢了。有一次伊米和马特兹一块出去干活，那是个雨雪交加的日子，但是很暖和。他把渔网旁边的冰都敲碎，马特兹则把它们铲除干净，直到水面变得清洁。

“现在，”伊米说，“我要给你一个小小的惊喜。这次你来收网，我来收线。你一定能出色地完成这个任务。”男孩看上去还不是很理解的样子，伊米继续说道，“我的意思是，我确信你能完成收网这个事情。我想我应该给你一次信任。”

马特兹渐渐开始理解这是一种侮辱，伊米的亲切更加刺痛着他的内心。伊米大步走到渔网的另外一头，几乎被雨雪所吞噬。然后向前走去，站稳，等着网线。最后他大喊道：“你打算一直站着吗？为什么不收网？”

马特兹被彻底激怒，这种愤怒极少发生，只有卡特丽清楚。他紧紧抓着渔网的绳子感受着网的重量，仍然站在原地不动，愤怒还在升级。

“怎么样？”伊米大叫，他也丧失了耐心。“拉啊！你是乡下来的傻子吗？”

马特兹拿出小刀把绳子割断，渔网沉入冰面，他转身朝岸边走去，经过小屋和船坞，穿过小路向山上走去，钻进兔子别墅后面那片整洁的树林。雪开始融化，他每走一步都会深陷一个脚印，雪漫过他的靴子，当他抬起脚时靴子已经陷在雪里，只剩下穿在脚上的袜子。他嘴里咒骂着，用小刀在树干上划着，树干被划上一道道印子。

马特兹走到大厅时从安娜的身旁经过，停了一下微微欠身，用自己惯常的方式表达敬意，安娜也这么做。当他要走时，安娜提了一句城里寄来很多新书。

渔网的事情引发了诸多议论。伊米说："那小子疯了。他人虽然不错，但是太疯狂，事情很清楚。我让他收网上来，因为对于一个男孩来说，看到鱼是一件有趣的事情，但是他一直站在那里生闷气，我有一些发怒就冲他吼了两句，这就是事情的全部。"

"我不知道你凭什么敢让他到船坞去，"松德布卢姆夫人说。杂货店老板插嘴道："大家都看得见，那个瘦瘦高高黄豆芽似的小子，他能把整艘船给砍坏了，野种就是野种，这没办法改变的，从来没人能否认。"

"放轻松点，"爱德华·里杰伯利说，"如果马特兹能按照自己的方式来做事的话，他会好好对待这些船，他是如此地喜爱它们。无论你给他什么样的工作，他总能很好地完成，尽管有时候会有些慢。但是你尽可以把一些琐碎的工作交给他来做。我要来杯啤酒。"

"无论如何，"松德布卢姆夫人说，"他们姐弟二人都来路不正。我从不跟他们搭讪，但是……我的意思是，你怎么敢？”

“我觉得没什么敢不敢，”里杰伯利说，“我敢打赌，那孩子，还有他的姐姐，虽然不是一直那么好对付，但是她一手带大自己的弟弟，至少她有勇气，而且她从来不骗人。你们为什么总在乎这些事情？”

“是的，确实是这样，她明确地知道自己的所作所为，”松德布卢姆夫人说，“但无论如何他们现在得意了，老艾美林女士接纳了他们。”

“闭嘴，你个老东西。”里杰伯利喊道。他的弟弟在一旁拉了他的手臂一下以示警告，松德布卢姆夫人从桌上跳了起来，把咖啡碰翻了。

“你看，”爱德华·里杰伯利说，“任何人都会发脾气，做错事情。但这总比吝啬好。让我来告诉你们一些事吧，在座的所有人，当然，你们也可以当作耳旁风。柯林一家子都是诚实的人，他们无论做什么，这背后的原因总是好的。”

说完他离开了杂货店。

第十六章

“柯林女士，你打开我的邮包是多么深思熟虑的选择啊，但是我有一点点古怪的心理，可能你们会觉得我很幼稚。我享受撕开信封的感觉。就像撕一本书的书页或是剥去一个橙子的皮。但是现在，这种感觉我再也不能享受了。”

卡特丽皱着眉看着安娜，眉毛挤成了眼睛上方一条单调的直线。“我知道，”她说，“但是我打开它们的目的，只是想看看里面有些什么需要扔的。”

“但是亲爱的柯林女士……”安娜说。

“你知道的，有些东西不需要去理会：广告讨钱的信，那些只是别人为了骗钱或骗你的东西。”

“但是你怎么知道呢？”

“我知道，我认得出它们，我在很远的地方就能闻到这种敲诈的味道，我会扔掉所有令人讨厌的东西。”

安娜不知道如何接话，最后她指出这种深思熟虑做得太过了。很不幸的是损失已经造成，以后卡特丽最好把不要的信件放在一边，她后面会看看。

“放哪里呢？”

“比如阁楼的某个地方……”

“好啊，”卡特丽说着笑了，“阁楼的某个地方。这些是从杂货店寄来的账单，我已经检查过了。他处心积虑地在欺骗你。虽然不是很多，这里多收你五十便士，那里多收你一马克而已，但是他确实这样做了。”

“杂货店老板？这不可能。”安娜看着那些讨厌的账单，账单用脏兮兮的蓝墨水写成，她把它们推到一边。“是的，是的，我记起来了。你告诉过我，这个人居心不良，就像上次的猪肝……这里五十便士，那里五十便士……但是为什么他要这么不怀好意呢？”

“艾美林女士，这就是事情的重点。我敢保证他欺骗了你，而且他是故意的。也许打从一开始就骗了你，随着时间的推移，数目越积越多。”

“存心不良？”安娜不断重复着，“他看起来总是那样的友好和善……”

“人总是两面的。”

“但是，杂货店的老板为什么会讨厌我呢？”安娜用一种无辜的错愕口吻说道，“我是这样地容易相处……”

卡特丽严肃地插话道:“还是让我们聊聊账单吧。相信我，这笔账不对。我会快速核对出来，我们需要仔细查看。”

“为什么？有这必要吗？你真的想要惩罚他？”

卡特丽简短地回复她，要不要惩罚安娜可以自己看着办，当然，她必须知道事情的进展。

“是的，是的，”安娜平静地说，“要操心的事情还真是多啊。”她加了一句，作为解释，“这样的事情，那样的事情……对吗？”

*

安娜·艾美林坐在她的书桌旁边回复着孩子们的来信。

她把收到的来信分成三类。第一类是特别年轻的孩子寄来的，他们用图画的形式表达了对安娜的喜爱，大部分画的是可爱的兔子。如果有留言的话，都是孩子的妈妈写的。第二类是一些紧急的请求，特别是生日的祝福。第三类安娜称为难办的情况，这些信件都必须精心对待并加以回复。但是所有这三类信中孩子们都想知道，兔子为什么变成了花朵般的小形状。安娜对于兔子变成碎花状有很多种解释，稍微说两句不去深想的话，就能蒙混过去了。但是今天，安娜·艾美林第一次一条理由都想不出来，无论是诗歌式的、理想式的，或者是幽默的。鲜花变成了完全不相干的因素，突然间变得愚蠢而失去了光彩。最后，她只画了兔子，每封回信里一只，随后再把兔子用花覆盖。但这之后她就不再添什么东西了，她待了很长一段时间，变得深深地自我厌恶起来，最后变得很生气，把这三类回信用胶水粘住一块拿给卡特丽去了。

粉色的客房还是和原来一样显得陌生感十足，可能只是比以前稍微大了一点，空旷了一些。窗户半开着，房间里很冷，弥散着有些发酸的烟草燃烧的味道。卡特丽坐在椅子上用钩针编织着衣物。此刻她放下了手头的工作站起身来。

“你喜欢这里吗？”安娜显得有些唐突地问。

“是的，非常喜欢。”

安娜朝着窗户的方向走去，停下来，转过身，站在房子中间，手里拿着很多来信。

“需要我把窗户关上吗？”卡特丽说。

“不，柯林女士，你上次提到的关于签订协议的事情……规定双方的权利和义务形式。看看这个吧。”安娜把信放到了桌子上，“孩子们提出了一堆的问题。回答它们是我的责任吗？那么我所拥有的权利是什么呢？”

“不要去回答。”卡特丽说。

“我做不到。”

“但是你和他们又没有约定。”

“你指的约定是？”

“我指的是承诺。你已经给每一个孩子回了一次信了，对吗？而且你也没有承诺什么。”

“是没错，确实是这样……”

“你给他们当中的一些人回过不止一次信，对吧？”

“我能怎么做呢？他们一次又一次地给我写信，把我当作朋友一样看待……”

“这就是承诺，”卡特丽走过去把窗户关上，“你在发抖，”

她说，“艾美林女士，坐下来，我给你拿条毯子来。”

“我不要毯子，而且我也没做过任何承诺，我不知道你指的是什么。”

“你这样看这件事：你手头收到他们的来信了，那意味着你已经有了责任，对吗？名义上，你应该尽最大努力去做好它。”

安娜始终站在房子的中央。她开始吹口哨，没有音调，只是一些毫无意思的声音从她的牙缝里冒出来。突然间她生气地说：“那是什么？”

“我在织床罩。”

“我当然知道，每个人都在编织东西，我想知道的是这村子里有多少张床……”

卡特丽继续说道：“约定的前提是公平……”安娜打断了她的话：“我以前就听过这样的话。双方互惠互利。但是这和孩子有什么关系呢？我又能得到些什么？”

“你的插画书可以继续出版下去，你的作品知名度会提高。”

“柯林女士，”安娜宣称道，“我已经很出名了。”

“那么就是友谊，如果你想要的话。如果友情使你感到快乐，如果你也有时间的话，友谊就是你所得到的利益。”

安娜把她的信聚拢在一起。“这些都不是我想说的。”她说。

“把它们放下吧，”卡特丽说，“让我来看看，我会试着去理解。”

*

晚上她们在客厅相对而坐，卡特丽解释道：“我不认为这事应该办得这么麻烦。孩子们想问的，想说的，心里所期待的都大致相同。你应该做一个信件的模板，准备一段文字去复印。当你需要变化一下的时候，加一个邮戳，当然还有个人签名。”

“而且你还可以替我签。”安娜很快接上话。

“是的，这样可以节省你很多时间。或者你可以把签名做成图章。”

安娜挺直腰杆坐了起来：“复印？信件模板？这不是我的风格。而且如果我的兄弟姐妹们写信给我怎么办，或者是同一个学校同一个班级的孩子，他们会比较他们的信吗？我不可能去检查他们每个人的姓名和地址。”

“一个卡片索引会解决全部问题，而且无论如何你应该有个秘书。”

“一个秘书！”安娜重复道，“一个秘书！真是如你所想，柯林女士？而且，比如，她会帮我回不开心的信吗？要紧的是，你已经把我的文件统统打乱，这里有三种不同的类别……现在我分不清哪个是哪个了……碰上‘亲爱的艾美林女士，我应该如何如何与我的父母相处’这样的问题，或者‘为什么每个人都被邀请了，除了我之外？’诸如此类的问题，作为一个秘书应该如何回复呢？……他们想要问的人是我，不是其他的任何人，他们每个人的不幸都各有特点，所以他们来向我询问！”

“事情不一定是这样，”卡特丽一本正经地说，“艾美林女士，我仔细地把它们都读完了，我只能总结出的是这三类来信都有一个共同的目的，那就是渴望得到一些东西，比如安慰，而且非常迫切地想得到。这些来信说实在的，都看起来像有敲诈勒索的企图。不，别打断我。他们的来信显得如此不堪，充斥着错误的拼写，所以他们让人感到如此不舒服。但是他们学到了不少东西，受益匪浅。所以当他们长大成人，他们中的很多人都会寄来那些我提前帮你处理掉的信。”

“我知道，你把这些信都扔在外头的冰天雪地里了。”

“不。你难道忘记了吗？你后来要求我放在阁楼里了。”

在片刻的安静之后，安娜严正地声明，孩子们是不能被愚弄的，她坐回椅子上，口哨声从牙缝间传来，卡特丽站起来把灯打开。“你在意他们是因为他们还小，”她说，“但是形式并不重要。我仔细地研究过他们每个人，每个不同类型的人，都大同小异。人们都渴望索取，这是他们的本性。当然，随着年龄的增长，他们会越来越技艺超群，他们不再显得如此平淡无奇，但是他们追求的目标没有变。你的孩子们没有时间去体会如何成长的。这就是我们所说的天真无邪。”

“那马特兹想索取什么呢？”安娜很急切地说，“你能告诉我吗？”还没有等到回答，她继续道，“这不是我想说的，我想说的是：为什么兔子们变成了碎花状？”

“告诉他们这是一个秘密。他们不需要知道。”

“的确，”安娜说道，“你是对的。这是你今晚说的最有意义的事。他们没有必要知道，我也不想知道。就是这样！”

第十七章

安娜·艾美林在城里的书商那儿订了一大批书籍。每一次，书商都和里杰伯利一起去给她送书，都是一些历险故事，这些书籍有的是关于地球上的各个海域，有的是陆地奇观，还有一些地图上尚未标出的未知区域，这是由充满好奇与进取心的人类在旅行中所发现的。有时他会送来一些经典名著和一些儿童读物，但是老艾美林夫人所挑选的类别却从未改变过，这些书籍构成了马特兹与安娜之间牢不可破的坚固友谊。

这些书籍常常以褐色作为包装，地址用黄色标注。卡特丽从不打开这些包装，只是把它们扔到餐厅的桌子上。安娜和马特兹晚上的时候会拆封这些书籍。马特兹拥有第一选择权，他总是会选一本关于大海的书。他读完之后才给安娜，之后他们会相互交流读书心得，马特兹先说他的心得，然后再是安娜。这已经形成了一条惯例。他们几乎不谈他们自己的事情或者他们身边发生的事。他们谈论的话题总是围绕书中那些生活在一个自由自在和绝对公正的世界里的人们。马特兹从来不谈论他的船，但是话题总离不开船。

*

安娜试图忘记那些曾堆砌在阁楼某个地方的来信，但是晚上这些信件又打扰了她的梦乡。她梦到自己把未读的信统统扔到了雪地里，黑压压一堆被弃置荒野，这些曾经被视为珍宝的东西被粗鲁地丢弃，她踩在这些信上面，仿佛在践踏这些陌生的通信人所给予的祈祷、信任，以及他们狡猾的建议。她却把它们丢弃，信纸被风吹得四散开来，无边无际地投递着投不完的信，那些飘到空中的纸张仿佛在表达着责备，安娜从梦中惊醒，猛地坐起，汗水湿透了全身，她感到良心不安。

她来到餐厅，整栋房子里让人感到最友善的一个屋子。昨晚的书静静地躺在餐桌上，散发着全新的诱人的历险的气息。这种味道让人感到愉悦。安娜一本接一本地把书端起来，呼吸那转瞬即逝的气味，这些未读过的书的气味是如此与众不同。她轻轻地翻开书页，一接触就发出沙沙的轻响，她仔细察看着那些浓墨重彩的风暴插图，插画家讲述着对常人来说难以想象，但对她来说却不难理解的故事。安娜不相信这些艺术家曾经经历过真正的暴风雨，或者在丛林中迷失过方向。“这就是为什么，”她想，“艺术家会把它描述得更加可怕，更加恐怖，因为他们一无所知。我怀疑儒勒·凡尔纳从未有过旅行经历……我也画插画，但是我从来不将幻想加入其中。”安娜一页页地翻着纸张，仔细研究着插图，非常缓慢，她的焦虑逐渐消退。

书籍交易的账单被人遗忘般地还摆在桌上。安娜把它们一张张折叠起来，用拳头攥住这些纸条，这些账单她从未见过。但是，她能确切地指出书商曾在价格上欺骗过她。

*

继胡斯尔摩家伊米的渔网事件之后，马特兹不再继续村里的临时工作，但是还照常去里杰伯利的船坞。在那里人们什么都不聊，唯独聊的就是有关船舶的事情。当他们收工后，马特兹回家开始了自己的船舶设计。他房间里被刷成蓝色的墙壁，曾经这个房间与其他房间并无二致，现在逐渐消退成了一种未知的颜色，像老式的蓝色皮制绷带，或是开蓝花的草本植物。狭小的房间以及成角度的天花板上都被湿气弄得斑斑点点的，马特兹把墙壁和天花板想象成飘浮着朵朵乌云的天空。

他非常快乐。他的房间里没有任何多余的东西。窗户虽然小，但一眼望去就是森林，巨大而古老的云杉映入眼帘，像是一堵雪砌的墙，就像在船坞时那样孤单。床上是卡特丽手织的被单，它也是蓝色的，不过是鲜蓝，就像一个标志。像平常一样，马特兹一夜无梦，而且从未醒过。

卡特丽不常看到她的弟弟，最多的时候是在一起吃饭。他们之间独有的默契和安静现在已经不复存在了。有时卡特丽晚上要到厨房里去忙活点事情。而马特兹和安娜则在餐桌两旁相对而坐，各自看着自己的书。

当卡特丽穿过房间时，他们会停下来，但是从不询问她是否要来杯热茶。

第十八章

安娜非常生气，她花了一整天的时间去整理和归类信件模板，一个完美的陪伴能够回复、通知、安慰、满足所有的孩子。但是她越是努力想要做好这件事情，越是感到力不从心。

“看看吧，”她说，“看看这些，柯林女士！你现在知道我是正确的吧？”

卡特丽读了她写的东西，说它看起来不是很清晰，而且也没有通过任何方式去提示说今后的通信可能会停止了。

“但是，你不觉得要给所有人回复一个差不多的回答是不可能的吗？每个孩子都需要个性化的邮件。”

“我知道。你只需要按照你的方式去做就好了。”

安娜戴上眼镜，又把它摘了下来，擦拭了很久。她说：“我不知道是怎么回事，但我不能再写信了。感觉很不好。”

“但是你不是经年累月地写作吗？我的意思是，你是一个作家。”

“你知道什么！”安娜说。“是出版商做的文字编辑。我只负责画画，你懂吗，那些画！你看到过它们吗？”

“没有，”卡特丽说。她停顿了一下，安娜没说什么。“艾美林女士，我有一个建议。你能分给我一些信件吗？我来尝试着回复它们。我来试一试？”

“你不能写。”安娜很快地回答。她耸耸肩膀，从餐桌上站了起来离开了房间。

*

就像她复制别人的签名一样，卡特丽也模仿他人的用词和说话方式。这是一种与生俱来的也已弃置很久的天赋。她常常模仿邻居的声音来调侃马特兹，但是马特兹不喜欢这样。

“他们太真实了。”他说。

“那又怎样？”

“我知道他们有多么可怕。”

卡特丽停止了这个不是很有趣的游戏。但是安娜的信件让她的天赋有了施展的地方。非常容易而且充满技术性，她轻松自如地复制了安娜在应付一些无聊谈话时不安的感觉以及那假装的善意。这些友善背后隐藏的是安娜的自私自利。但对于安娜不会拒绝别人的特点，卡特丽没有复制。她没有作出任何与这些孩子们成为笔友的承诺，任何信里她都不做承诺。卡特丽委婉地表达了道别，只有那些愚钝不堪和天生眼拙的孩子才会不理解。安娜浏览了卡特丽写的东西，变得不知所措。像是她自己说的，但又不是，扭曲的图片一张张地被她翻阅，直到她把这些信件放置一边，沉默了很长时间。

卡特丽有一个特点，沉默的气氛并不会让她感到不自在。她等待着。最后安娜再次拿起信件，摸索着，眼睛直勾勾地盯着卡特丽，说：“这是不对的！你不是我！如果一个孩子去抱怨他的父母，你告诉他，父母也有遇到麻烦的时候，这话大错特错！我从没这样写过。父母一定要是强大且完美的，否则难以取信自己的孩子，你必须纠正它。”

卡特丽的反应突然变得激烈起来。“对于这种本身就不能相信的东西，他们还要相信多久呢？多少年来我们愚弄孩子，让他们相信那些自己本不该相信的东西。他们必须尽早懂事，否则将再也不能主宰自己的人生。”

“我已经能做主了，”安娜刻薄地说道，“而且还做得很好。看这儿：你说孩子们迟早会跟他们的父母反抗，这是非常正常的事情。你觉得我会写这些东西吗？”

“不，这是个误会。这里我没有以你的口吻在说。”

“是的，这非常不友善。如果所有的孩子都发疯，那么特殊的孩子变得越来越不重要了，他和其他孩子是一样的了。”

“不会的，”卡特丽说，“他们会扎堆在一起的，尽量保持一致。对他们来说，与其他人做同样的动作，感觉很好。”

“但是他们当中的一些人是很独立的！”

“有这种可能性。这样的话，那这些独立的孩子就要更加疏远大群体了。他们知道‘枪打出头鸟’的道理。”

“那么这封信呢？”安娜继续说道，“你的回复是什么？他在努力地画一只兔子，很明显这孩子没有画画天赋，但你可以写一些诸如‘我把你的画挂在我书桌上的墙壁上’这样的东西……这个人正在学滑冰，他的猫的名字叫托普斯。你如果把字写大一点，滑冰和那只猫的事就够写一页纸了。你没有学会就地取材。”

“艾美林女士，”卡特丽说，“你的确非常愤世嫉俗。你是如何隐藏这些内容的？”

安娜根本没在听。她把手放在一堆信件上声明道：“请注意！字写得再大一点！你可以谈谈我自己的猫：有关它的样子，它的事情……”

“但是你没有养猫。”

“没关系。重要是给他们的回信写好一点……你必须学会怎么回信。我想知道你是否能学会回信的技巧。我想你应该不喜欢这些人。”

卡特丽耸耸肩，露出了诡异的笑容。“你也不喜欢啊。”她说。

安娜脸上怒气升腾，她终结了这次对话：“我想什么不重要。但是他们必须相信我，我也永远不会欺骗他们。我现在有点累了。”

*

哦，安娜·艾美林，你唯一在乎的事情就只是你的良心。这是你所珍爱的。你是一个光鲜靓丽的小骗子。一个孩子写道："我爱你，我正在攒钱为了以后能跟你和小兔子们一起生活。"你回应道："太好了，欢迎你来住。"这是一个谎言！这是一个负罪的良心坚定不移、毫无保留地做出的承诺……你不能将之隐藏。在漫长的岁月中，你因为没有胆量说不，试图让自己的良心好过一些，这是行不通的，你幻想每个人终究都是友善的人，只要用承诺以及金钱，就能保持一定距离……你对什么是公平的竞争毫无所知！你是一个难以对付的对手。真理必须要用坚硬的铁钉打进来，但任何人都无法往床垫里头打钉子！

*

对于安娜来说，不用给孩子们写回信了，仿佛是在她计划有序的生活中挖了一个始料未及的大坑，空空荡荡，无法填满。但是她还是坚持在卡特丽放在她面前的信件上，写下自己漂亮的签名，并在下面画上兔子的符号。一天，安娜十分疲倦时，卡特丽犯了一个错误。她在信件上签了名字，并且自己画上了兔子。它们背对着人，坐在草地上，画这些兔子不是什么难事。但是，卡特丽的兔子画得有些粗糙而且不够仔细。安娜看了看它们什么都没说，但是她的表情要比屋外的雪更加冷漠，卡特丽从此以后再也没画过兔子。

安娜给苏尔维亚打了很多次电话，但是她一次也没接到。

第十九章

人们还是偶尔会来询问卡特丽一些令人费解的问题，但是这情况现在极少见了。他们不喜欢因为自己的事情而到兔子别墅二楼去。这会让他们的隐私变得昭然若揭。一旦他们按响了门铃，来开门的人一定是卡特丽，而她身后则一定会出现像一只惊恐的小鸟般的艾美林老夫人，她会从卡特丽的肩膀后面向外张望，试探着来者到底要咨询什么事情，计划着自己是应该准备咖啡好还是茶好，还是应该什么都不准备。开始时显得有些局促不安，但等到他们最终来到二楼卡特丽的房间时，又会显得非常腼腆，仿佛是在向一个算命者询问建议。正在此时，孩子们大叫起来“巫婆”，孩子们的鼻子和小狗一样，一有事就知道。当卡特丽经过时他们先是保持沉默，等她走了，他们便开始异口同声地大叫。

这次她去了杂货店。狗在外面等待着，孩子们安静了下来。

杂货店老板在问兔子别墅里发生的事情如何了。

“很好，谢谢你。”卡特丽说。

“如此说来艾美林女士也很好？那个年迈的女士写下了她的遗嘱吗？”

杂货店里只有他们两个人。卡特丽在货架上搜索着，问他有没有炉火面包，软软的那种。

“没有。她咀嚼或者神经出了问题吗？吃不了硬的东西了吗？”

卡特丽说：“说话小心点。我警告你。”

但是他仍然没有停下来的意思，继续顶回去说道：“最近是另一个人在咬她买的东西吃吧，对吧？”

卡特丽转过身来，把眼睛睁得很大，冒着黄光。“小心点，”她说，“再这样我就给狗下令咬你，它有牙齿。”

她付了钱和狗一道回到家中。她的后面，跟了一群诅咒她的孩子。马特兹来到村子的大街上，当他听到孩子们在喊“巫婆”的时候一下子停住了。他的脸色变得惨白。

“随他们去吧，”卡特丽说，“他们是无辜的。”

但是她的弟弟缓慢地走近孩子们,他双手下垂,但张开着，仿佛要去抓人，孩子们四散开来，和他一样非常安静地散开。

“随他们去吧，”卡特丽重复道，“你必须控制自己的脾气。这是没必要的。我不会让任何东西干扰我。”

还是那天晚上，里杰伯利去兔子别墅找卡特丽，想跟她聊聊关于跟杂货店老板争执的事情。他们来到二楼她的房间里。

*

“是关于那辆货车的事情，”里杰伯利说，“他付油钱，而且我买他店里的东西也给了折扣，但是我觉得我的薪水应该抬高一些。我了解到了城里司机的薪水，他们比我挣得多。如今他跟我说，如果我坚持想涨钱，那么他会另请高明。”

“村里还有其他人会开车吗？”

“有，一两个吧。他们要的价钱更少，仅仅是因为他们觉得这项工作很有趣。”

“他给你的折扣是多少，你的工资是多少？”

里杰伯利拿了一张纸递给了她：“这是我实际拿到的，这是我的期望，但是他不肯给。”

卡特丽说：“有一件事情你恐怕不知道，他没有支付油钱。让油罐从码头运到灯塔时政府已经付过一遍钱。但是他们不知道，开车运过去其实才几分钟而已。而且他们也不知道，他从邮局获得了报酬，负责帮邮局运东西，但他还用邮车来运送自己的东西。他提供了假信息，而且一旦他们愿意，就可以撤回他的特权。”

里杰伯利沉吟良久。他仔细询问卡特丽为什么了解得那么透彻。

“我在杂货店里做了很长时间的会计。”

“我被耍了。”里杰伯利说完又陷入了沉默。最后他发现这整个过程就像是敲诈。杂货店老板欺上瞒下，两面赚钱，但是却没有人会去当局举报他，没有人会这么做。

“做你想做的事情吧，让他明白你已经什么都知道了。他一定会给你涨工资的。”

“好吧，如果你这样说。虽然这不是我喜欢做的事情。但无论如何还是要谢谢你。”

里杰伯利离开后，卡特丽继续织床罩。房子里静悄悄的。卡特丽织得很快，完全没有关注手上的活。织床罩完全变成了她放松思想的方法。但是事与愿违，念头一个接着一个袭来，直到她被一阵可怕的预感所惊醒。她需要和里杰伯利好好谈谈，刻不容缓。她冲到大厅，披上自己的棉衣，让狗跟在后面。外面已经一片漆黑。因为太匆忙，她忘记带手电筒，而且也来不及再赶回去拿了。想要追上里杰伯利不能按部就班，她一次又一次地穿过树林，停下来用胳膊清理前方的障碍物。在她透过树林看到里杰伯利家的窗户之前，已经嗅到了他家兔子养殖场的气味。这个明亮的长方形在雪中透出惨白的光亮。他们可能正在吃晚饭。她应该等到早晨再来，她太冲动了，但现在已经无济于事了，没有关系。卡特丽在门廊前面脱掉靴子。爱德华·里杰伯利亲自来开的门。他的兄弟们正在享用晚餐。

“我想说点事情，”卡特丽说，“不会很长，我等你们吃好晚饭再说。”

“不需要，”里杰伯利说，“晚饭照常。请到小客厅里来。”

客厅里非常冷，兄弟几个都睡在大房间里。卡特丽不想坐下来。她匆忙而急促地解释道：“是我的失误。你的工资是正常的，你的食物所享受到的折扣是非常高的。他或许欺骗过很多人，但是你是例外，所以我决定收回我说过的话，我在这件事情上显得过于偏颇了。”

爱德华·里杰伯利显得局促不安。他递过一杯咖啡，但是她婉言谢绝。在离开前，她说：“记住一件事情，坚持做你认为值得的事情。擦亮眼睛。无论如何，你始终是赢家，因为你喜欢开车，但是这一点他并不知道。”

当卡特丽来到院子里时，兔子窝刺鼻的气味迎面而来。此时此刻事情都办完了。也许里杰伯利再也不会相信她了，这非常糟糕。她从里杰伯利处才能预订到马特兹的船，否则到夏天结束时将被预订一空。没有人能够说服里杰伯利让他接下一份暂时拿不出钱的订单，更何况是一个信誉扫地的人做出的承诺。

第二十章

冬天进入了新的阶段。海岸线一片宁静。在冰面之上，风划出一条条长长的白雪条纹。好多人都出去钓鱼去了，胡斯尔摩的伊米滑着红色的雪橇，时不时地经过人群来到远处的海湾，他的妻子坐在他后面。雪越来越少，但是冰面依旧坚固，哪怕是在海湾的礁石周围。日子一天天过去，天气变得晴朗。

一天早晨，安娜来到渔港透过冰面向下看，试图找到那些卡特丽声称已经沉到海底的旧家具，但是阳光刺眼，她什么都看不见。船坞中传来钉锤的声音，两个工人有规律、有节奏地敲打着，同时停下来又同时再次开始。安娜坐在桶上，眼睛对着阳光闭了起来。

“很好的天气，”卡特丽在身后说道，“你忘记戴墨镜了。”

安娜向她表达了谢意，把墨镜塞到了口袋里。

“邮件寄来了，是从塑料品公司寄来的信。”

安娜的后背紧绷起来，她把眼睛闭得更紧了。最后她表示阳光逐渐变得温暖，她开始轻轻地吹起口哨来。卡特丽停留了几分钟，回到了兔子别墅。

*

安娜已经忘记了塑料品公司的事情。她所谓的褐色信封，打字机打出的文字，从来没有鲜花的装饰，曾经在她的生活中留下很多年的阴影。在过去的很多时候，安娜总是对他们的兴趣表示感谢，对她画的兔子所起到的作用表示欣慰，这种热情的态度是完全能够被接受的。

但是有时候事情会变得难办，他们会向安娜索要一些无论在她的记忆中还是在她柜子的抽屉里都找不到的创意。于是，出于胆怯和害怕让人失望的心理，她把这些充满麻烦的信件收到抽屉里，等到以后再来处理，到现在，她已经渐渐忘记了它们。但是塑料品公司却要照章办事。他们几个星期之前就来信，索要每一份她曾经签署的与兔子有关的合同复印件。安娜向存放信件的抽屉走去，此时此刻，卡特丽正在院子里拍打地毯。她把信件拿在手里发了一会儿呆，回去读了很多遍，但是没有任何一点会让她造成误解。最后她随机地打开了存放信件的抽屉，每个抽屉里都塞满信件和莫名其妙的纸张。看起来，这个世界上最合乎本能的事情，是把抽屉关上，然后躲到书堆里去读书。

但是第二天一大早，她又被新一轮的良心不安所困扰，塑料品公司"尽快回复"的字样从信封里透出，显得那样刺眼。她很草率地做了一个决定，以至于没有时间来改变自己的想法，安娜把抽屉里的信件统统倒在床上，开始搜寻。她很快意识到自己应该将它们归类。床不是很大，很多信件开始掉到床下混在一起。她继续在地毯上找。但是她根本想不起来哪一摞是什么，于是她继续将信件归入错误的地方，很快她的脊背受不了了。快到中午十二点的时候，安娜去找卡特丽帮忙了。

"看它们给我造成了多么大的麻烦，"她说，"他们要看我所有的合同！我怎么知道它们在哪？而且更要紧的是，父母的信件和我的混在一起，十九世纪起写的圣诞贺卡和各种小票都放在一起了！”

“就这些了吗？”

“整个柜子都塞满了，我把觉得没有必要的东西都放到了上面，或者可能在当中……”

“公司那边很急着要吗？”

“是的。”

“他们必须等等了，”卡特丽说，“整理它们需要一些时间。但是我想我对整理东西倒挺在行的。”

马特兹把所有东西都搬到了卡特丽的房里，整个柜子都被清空了。对于安娜来说就像打了一次大败仗，但是她身上的压力却轻多了。

*

迅速而奇迹般地，卡特丽开始把一切整理得井井有条，虽然这是一件给一个漫不经心、笨手笨脚的人足够时间也能完成的事情。卡特丽一点一点读过去，开始严重怀疑公司的居心,但是此时此刻她只需要找出那些合同。当她找到它们时，发现这些合同不应该向任何人展示。没有任何一个理智的人，看到安娜被没有底线地欺骗过，还愿意开出更好的条件。卡特丽向安娜这样解释了这件事。

“但是他们在等这些合同呢。”安娜说道，口气非常着急。

“让他们等等吧，我们可以回信说，我们想尽快重新审视一下他们开的条件。”

“但是关于合同的问题我们要怎么说呢？或者说它们已经遗失了？”

“合同没有丢失。我们为什么要撒谎？我们可以什么都不说。”

*

褐色的文件夹已经到了。卡特丽让他们从城里直接寄过来。她停下了手上的针线活。每个晚上，她都非常仔细地去帮安娜整理工作邮件。它们没有标注日期，也没有页码，散落在不同的抽屉里。凭借着耐心和猎犬般的敏锐，卡特丽整理出了绝大部分信件。她有很强的整理癖，总是喜欢将物品归类，于是整理安娜·艾美林的信件给了她安宁的满足感。随着时间的推移，卡特丽将很长一段时期以来出版的图画进行了很好的清理，然后开始计算。她把安娜·艾美林长期以来被诈骗或者因为小小过失以及懒惰而造成的损失做了汇总。

其中一些是基于社会良知而难以启齿的，她一定不希望看到。但大部分是因为安娜的不小心而造成。卡特丽把损失的总数记在了一个黑色的笔记本上。

“事情进展得如何了？”安娜在门外问道，“亲爱的柯林女士，我对自己过去的不细心感到害怕……”

“是的，很遗憾。你做了很多不明智的约定。我们能挽回的并不多。”当卡特丽继续描述能保证的最小百分比时，安娜站在一堆褐色的文件夹前面发呆，每个文件夹上都贴着方形的标签，用她那美丽的字体提示着里面的内容。她没有在听。文件夹让她心情沮丧。就像所有她做过和没做过的事情，都被精确地整理成令人讨厌的顺序，归纳起来让人评头论足。

卡特丽突然打断了她说道：“别吹口哨了。”

“我刚才在吹口哨吗？”

“是的，安娜女士。你一直在吹口哨，请不要这样。无论如何，就像我所说的，你使用这些文件夹，会让事情变得非常简单。你可以很快找到自己需要的东西，而且能对现状有个清楚的概念。”

安娜盯着卡特丽看了很久说道：“现状……”

“就是你的业务情况，”卡特丽缓慢而又和蔼地说，“你的合同。你承诺的内容和他们承诺的内容。比如他们上次分配给你版税的比例是多少，这个你必须清楚，这样你下次才能问他们要更多的钱。对吗？”

“地上的是什么？”安娜突然问道。

“我想缝个床罩出来，我试图让颜色能够调和起来。”

“哦，是的。让颜色调和起来。”安娜从地上捡起了其中一块织好的长方形，仔细研究了一下。她转过身去有些唐突地说道，让卡特丽来负责整理她的信件是一个很好的选择，因为现在只要她愿意，就能找到任何想要的东西，虽然她觉得不是非常必要，最后的最后，一切就是木已成舟。

“这是事实，”卡特丽坚定地说，“这一切确实是木已成舟。如果没有人管这档子事，这种木已成舟的事还会继续下去。”她停顿了一下问道，“安娜，你信任我吗？”

“不是那么肯定。”安娜甜蜜地回答。

卡特丽笑了起来。

“你知道吗，卡特丽，”安娜转过身去说，“某种程度来讲，我喜欢你开怀大笑的样子，而不是微笑。这件针织品是一件很好的作品，但是绿色配错了地方。绿色是很难搭配的颜色。

我觉得现在出去遛遛会感觉不错。你为什么不带上泰迪一起去呼吸一下新鲜的空气呢？”

卡特丽脸色再次变得严肃：“不，”她说，“狗不习惯和你们一起散步。它只能跟我或者马特兹一起出去。”

安娜突然愤怒地耸耸肩，评论卡特丽对于金钱的兴趣看起来有些夸张。在她的家庭中，金钱是不值一提的。

“真的吗？”卡特丽说，话语像风一样吹出，“你们觉得这是一个不合适的话题？”她脸色变得苍白，朝安娜不确信地迈了一步。

“怎么了？”安娜向后退了一步，说道，“你感觉不舒服吗？”

“是的，我感觉很不好。当我看到你随随便便就把钱丢到湖里，好似一件十分简单不过的事情时，我感到很难过。难道你不知道吗？你们这种随意浪费钱的安全感，不会为金钱而烦恼的安全感，会让你变得慷慨，变得创意非凡，但是这一切都离不开金钱。没有钱，一个人的想法会变得狭隘。逐渐枯竭！你没有权利用这种方式自欺欺人……”卡特丽用平静而又富有杀伤力的语气说道，现在她停下了。沉默开始蔓延，变得可怕。

“我不明白。”安娜说。

"是的，你不明白。"

"你脸色太苍白了，需不需要我帮你什么……"

"当然，这儿有些事情你可以去做，"卡特丽说，"你可以让我来管理你的工作，我知道怎样去操作，我会让你的收入翻倍。"当沉默再次笼罩时，她接着说道，"请你原谅，我说得太多了。"

"的确，"安娜说，"但是你看起来好多了。"她用母亲很久以前那种和蔼可亲、助人为乐的语气说道。"亲爱的卡特丽，你可以做你想做的事情。但是你不能有这样的想法，即我缺乏安全感，而且不是很大方。而且我的想法，可以向你保证，是跟收入无关的。"安娜向卡特丽微微点了点头，脖子轻轻弯了弯，便离开了房间。下楼时，她突然感到筋疲力尽，必须停下来休息一会儿。渐渐地她感觉好了一点。

"粗鲁？"安娜小声嘟囔着，"粗鲁？她，卡特丽，从来没有觉得自己说话方式很粗鲁吗？她是什么意思？难道还是我的错吗？"

楼下那条狗正眯着黄色的眼睛盯着她看，那只危险的狗从来不让她接近，也不让她喂养。安娜第一次朝它径直走去，拍拍它的头，她拍的力度非常大，一点也没有友好的意思。

*

“尊敬的先生们，我们为艾美林女士没有尽早答复您的质疑而感到抱歉……”卡特丽看着那些质疑的信件。虽然是两年前的来信，但现在并不太迟。这份意向书优点多多。卡特丽放下手中的钢笔，向窗外无神地望去。桌上摆放着一本《如何起草商业信函》和一本英文词典。用英文写作非常困难，但是她仍能完成。卡特丽下了坚定的决心，给那些无论出于何种原因，把花瓣状的兔子形象当作牟利手段的人，写了一封封蹩脚但还算正常表词达意的信件。

信上那些不可避免的格式套话，给人一种近乎粗鲁的感觉。每次卡特丽成功提高费用或是做到一次性的版税支付后，她都将自己的成功案例记在黑色本子上。她也记下了那些因为拒绝各种各样慈善团体的邀请、业余的热心人和那些不切实际而又墨守成规的人，所提出的各种诉求而节省下的费用。每一笔都记在本子上，每一分都真实入账。卡特丽告诉自己这是为马特兹赚的钱，她不让步，也不会提更多的无礼要求。那些回信的语言冷漠，但很有礼貌，极少数情况下她需要调整她的要求，信的结尾都会无关紧要地讨论一下天气。在黑色记事本的封面，卡特丽做了一个标签，上面写道“献给马特兹”。这个充满挑战和颠覆性的困难游戏，变成了能贯穿其想法的有意义的事情。卡特丽染上了收藏者的习气。每一次她把自己加总的金额记到账本里，都会有种收藏者获得罕见而又价值不菲的样品时的深深满足感。卡特丽一丝不苟地记录着哪些是归安娜所有，而哪些又是归马特兹所有。归属安娜的部分，她会让安娜无论如何都要去接受。卡特丽预提的原则是，针对那些她成功收回亏损的部分，安娜获利三分之二。但是当涉及那些想不劳而获的人时，所有收益都归马特兹。这种区分方式会让安娜的销售额在很长一段时期内显著增长，这些卡特丽也做了公正的划分。

*

“现在塑料品公司的事情已经处理好了，”卡特丽说，“事情进展得比我想象中要好。他们的方案不会与塑胶联盟发生冲突。”

“真的吗？”安娜说。

“你的出版商又给你来信了。”

安娜读过之后指出，信的语气没有之前那样友好了。

“当然，他们知道不能再欺骗你了。我们下次需要的是诚实相待而不仅仅是单纯的费用。你应该还没有给他们继续出书的承诺吧？”

“可能已经承诺了吧，我记得不是很清楚……”

“你的信中没有提及任何关于这方面的事情。为此，如果他们不能给你更好的答复，你应该考虑更换出版社。”

安娜站了起来，在她开口之前，卡特丽又接着说道：“有一家业余的剧场要使用花瓣兔的创意。他们自己去画花瓣，他们没有钱支付，但是他们可以用门票抵扣，我已经申请了非常少的版税。”

“不，”安娜平静地说，“什么都不要。”

“他们已经同意给百分之二，我们不能改变自己的立场。有一家纺织品公司，开出百分之三，我已经提高到了百分之五，或许会说三点五四封顶，但别这么说。如果我们不努力去寻价的话，他们只会对我们失去尊重。这次又是塑胶联盟，他们希望降低版税，这样他们就可以在兔子形象上面安装一个发声装置。这样一来本钱就高了，但他们可以抬升它的价格。我们能接受吗？”

“他们说什么？”

“百分之三。”

“不，我指的是他们怎么设计这个发声装置。”

“信上没有提到。”

“兔子们应该不会发声，但是我猜想兔子害怕的时候会发出尖叫声吧，要不就是死掉的时候会发声。”

“安娜，这是我们必须做的工作，是职业。”

“既是又不是，”安娜大声说道，“我不希望要一只会尖叫的兔子，这太可笑。”

“但是你不会有机会看到这只尖叫兔的，它们会出现在中欧的某些地方。那里没有一个人认识你，你也不认识他们。”

“他们想给我们什么呢？”

“百分之三。”

“二！”安娜隔着桌子探过身去喊道，她的脖子变得通红，“百分之二！一份归我，一份归你。”

卡特丽陷入了沉默。在沉默期间，安娜意识到她说了一些重要的东西。她重复道。“一份给你，一份给我，我们分享。”听起来十分大胆。她重新又说了一遍。卡特丽深呼一口气用一种冷冰冰的语气说，与这个问题无关。如果安娜不反对的话，他们可以把塑胶联盟的第三个百分点的版税分给马特兹。

“就这样定了，”安娜说，“这很好，以后不要再提塑胶联盟的任何事情。”

卡特丽打开黑色记事本，用她那拖沓模糊的字体亲自写下：“马特兹百分之一。”

“其他还有什么重要的事情吗？”

“没有了，安娜，”卡特丽说，“我们已经把最重要的事情解决了。”

第二十一章

夜幕降临，船坞里一天的工作刚刚结束，卡特丽就来到了渔港。寒风凛冽地吹着。里杰伯利兄弟在回家的路上碰到了卡特丽。她站在了爱德华·里杰伯利前面。其他的人继续走着。

“这里风很大，”卡特丽说，“我们能到避风的地方去待一会儿吗？”

“我不知道，”里杰伯利回答，“关于什么的？”他很清楚地回忆起了上次谈话的内容，他对卡特丽仍保持着警惕。

"关于船的事情，我希望预订一艘船。"

里杰伯利盯着她看。卡特丽在风中大喊："一艘船！我希望你为马特兹建造一艘船！"

他没有回答，只是转身回到船坞把门打开，卡特丽从未进去过。风拍打着金属的屋顶，但宽敞的房间给人一种安静而祥和的感觉。正在建造的船只已经显现出了清晰的轮廓，巨大的舱体透过窗户，在远处的墙面投射出轮廓。巨大的甲板即将被捆绑吊起，打磨机上混杂着沥青和松脂的味道。卡特丽终于理解了，为什么她的弟弟总是希望回到这个封闭的世界中来，因为这里的一切都精确而干净。她转身问里杰伯利是否有时间来建造一个拥有船舱的大型船。

"有多大？"

"九米半，做成帆船的样式。"

"我们有的是时间，但是花费会很昂贵。动力系统如何解决？"

"一个四缸的发动机，"卡特丽回答，"一个四十或五十马力的沃尔沃马达。马特兹已经设计好了，我觉得它非常不错，虽然我对船舶的知识一窍不通。"

"听上去你知道的不少。"里杰伯利说。

“我看过他的笔记。”

“好吧，好吧，他应该略知一二。或许我应该先看看他的图纸。”

“这有一点小小的困难，”卡特丽说，“在我确定之前，我不想让马特兹知道。”

“你的意思是确定支付这笔钱？”

卡特丽点点头。

“你做得到吗？”

“是的，但不是现在，等到春天的时候。”

“我必须得说，”里杰伯利说，“考虑到各种方面，这是一个奇怪的订单。我要怎么去跟其他人解释？必须有个人会为此买单。是艾美林女士吗？”

“不，不，完全不是。”

“你不想挑明这点吗？”

“不，不是的。”

“听着，”里杰伯利说，眼睛直直地盯着她，“你要我做什么？我所说的都是在维护你的利益，因为你自己根本无法做到。”

卡特丽没有回答。她走到墙边，各种工具不是挂着的，而是闪闪发光整齐地摆放在那里。她尝试着去触碰一下它们，一个接一个地。就像她的弟弟一样，里杰伯利想。他们拿东西的方式都一样。我不能随她去。要是接下这个不确定的奇怪订单，她将会把所有东西都弄到手了，这个小女巫。如果她到时候拿不出钱的话，不如通过别的途径把船给卖了。他非常唐突地说道："我们成交，我会努力去做做看的。"

*

当天晚上，里杰伯利来到兔子别墅找到了马特兹。他听说了一些造船的计划想来看看。他们一起浏览了设计稿。"非常好，这里设计得很棒，"他说，"但是还有改进的空间，明天早晨把它带来，但是别跟任何人说。"

回到家里，他说他们会接一个帆船建造的活。九米半长度，出资人希望匿名。

"你什么时候听说的？"

"不久之前。"里杰伯利说，谎言如此轻易地说出，就像给别人准备的礼物一样。

第二十二章

安娜在默默地生气。一个令人不齿的怀疑针对她而来，名义上，她是一个善良且友好的人，居然被如此地欺骗。在她的人生中，她第一次经受欺骗，这种感觉别说是她，就连她身边的人也都很不好受。她对身边所有的人都产生了猜疑，她的邻居、出版商、天真的孩子，每个人。每个人都欺骗过她。

她想到父母及时地回过神来。当然，还有苏尔维亚。兔子别墅外面的每件事情都充满了欺骗和秘密谎言。没有人去尊重那些容易受骗的人，卡特丽曾经说过这样的话。现如今卡特丽又一次坐在了她的位置上，用她的信纸与客户往来，用可以让人忍受的强硬声音来让安娜服从，用她以前根本不清楚事情的来龙去脉作为理由，来让她停止做自己感兴趣的事情，这一次涉及的钱数目非常大，大到人们不知道可以用这么多钱来做些什么，对方不曾诚实，那就要提高价码，狠狠提高。

“卡特丽，”安娜说，“现在听着，我有话要对你说。我要说的就是：比起去怀疑每一个人，我宁可被骗。”

之后，卡特丽犯了一个错误。“但是已经太迟了，不是吗？”她说，“你已经没法选择了，因为你已经不再信任他们了，对吗？”

安娜从桌边站起身，离开了房间。她把大厅的门打开，对着院子吹着口哨，径直朝卡特丽的狗走去小声说：“滚出去！”她的手感觉到了这个大家伙毛茸茸皮毛下的力量，但是安娜已经不害怕了。她对狗猛推了一把，把它直接推倒在雪地里。然后从柴火堆里抽出一条木棍扔得很远，大喊道：“把它捡回来！”狗盯着她看没有任何动作。安娜又扔了一个木棒出去。“把它捡回来！去！照我说的去做！”她已经怒不可遏，哭了起来。天气非常寒冷。她回到屋里，但大门继续敞开。

*

安娜坚持着。每一次当她知道家里没人时，就把狗赶到外面去。她咬紧牙关，倔强地把木棍丢往森林的方向。久而久之，最后狗捡回来一个，非常缓慢，然后两耳贴背，面无表情地站在雪地里盯着她看。

“你在干什么？”马特兹问道，他刚刚上山停在了房子的拐角处。

“和泰迪玩呢，”安娜害怕地回答道，“所有的狗都喜欢玩捡东西的游戏……”

“这只不同，”马特兹说，“除了卡特丽之外它不遵从任何人的命令。进屋吧。”马特兹从未如此严苛地对安娜说过话。他把门开着，安娜快速地从他身边经过进了门厅。

新的书已经寄来了。“你把想要的挑出来拿去吧，”安娜说，“但是今晚我不想读。”

马特兹一本本拿起来看了一眼又放了回去。最后他非常焦虑地说训练狗是一件困难的事情，它们不喜欢受打扰，也不喜欢这种不安全的感觉。你必须好好照顾它们，卡特丽从来没让狗去把东西捡回来。

“但是狗这样是不会愉快的。”

“我不知道，”马特兹说，“它按自己的方式生活得不错。在这个层面上，我想任何人想去改变都晚了。”

“好吧，你要哪本书？”安娜很不耐烦地说，“来看看他们都寄了些什么来……《小埃里克的远洋航行》，真让人无法容忍，他们就像寄出一堆需要处理的破烂。我想知道……你读过约瑟夫·康莱德的《台风》吗？”

“没有。”

安娜找出这本书：“拿去，一口气读完它。这是一些关于真实生活的东西。《台风》在描写船只遇到暴风雨的情节上，是写得最出色的一本书。它比历险更有趣，不仅仅是一次暴风雨那么简单……相信我，你那充满文学气息的姐姐肯定读过约瑟夫·康莱德。”过了一会儿，她接着说，“如果她能读懂的话。”

马特兹避开了安娜的目光。他打开书本，像他所接触的其他东西一样，小心地翻着书页，谨慎地提到卡特丽能读懂大部分的内容。“她非常聪明，比我们都聪明。”他说。

“这很有可能，”安娜说，“但是说说你自己吧。我知道一件事情，年轻的朋友。她不是天资过人，这完全是两码事。”

安娜走后，马特兹给自己泡了一杯茶，坐到了餐桌旁开始读书。整个屋子在暴风骤雨里变得宁静。

*

安娜失去了阅读的兴趣。那些航海英雄、热带丛林和荒凉之地上的英雄们，瞬间变成了缺乏生活感的画面。他们不再允许她进入那个美妙的世界，那是充满着公平对待、无尽友情以及善良回报的世界。安娜无法理解这一切是如何发生的，她觉得自己已经出局了。

有一天，安娜非常偶然地声称，她将来不会再做任何与商业有关的事情，她不想谈论甚至了解有关它的所有事情。卡特丽既然对比率非常擅长，可以按照她的想法把所有的利益进行妥当地分配。

“但是安娜，我不能那样做，我不能在对你来说非常重要的信件中做决定。这非常严肃。我们并不是在玩游戏。”

“确实，你没有能力来玩这个游戏，”安娜有些残忍地说，“你不知道如何去玩，这才是问题的关键。”

*

此时，卡特丽正在做她的比率分配，这个工作被她称为“马特兹的游戏”。这非常简单。纸条一共有四种规格，每种规格代表一个清晰的比例——百分之五、百分之四点五、百分之七、百分之十——她处理这种问题就像玩纸牌一样。游戏必须在没有很多规则的情况下快速进行。

卡特丽说：“这些人出价百分之四，我们应该如何出价？”

安娜扔了一张纸条在桌上，说：“百分之五，不能让他们敲诈我们。”

“那么马特兹应该得到多少？”

“百分之二点五。”

卡特丽说：“不，我会亮出王牌。百分之四是给你们俩的，其中百分之二给马特兹。这次在百分之五的基础上提升一个点，我要放在公共基金这块。”

“你准备如何处理那些公共基金？”

“你来决定。”

安娜笑了起来：“给泰迪织件毛衣吧。好了，下一个出价多少？”

“他们想要百分之七点五。”

安娜说：“百分之十！但是只给马特兹百分之四。”

“安娜，你骗人，你要不到百分之十。”

“好吧，那就百分之八。但是马特兹仍然拿百分之四，就像我说的。不，五，百分之五。”

卡特丽把它记了下来。

她的对手坐回椅子上说：“好吧，下一个？”

“现在没有其他东西了，柜子里所有能找到的东西我都回复完了。”

“但是我们可以假设一下，”安娜说，“我还想继续。”

她们开始玩虚假的加总游戏，每当黄昏来临的时候，她们就会玩这个游戏。为了获得光亮，她们把壁炉生起火来，在桌上点了两根蜡烛，然后分发纸和笔，还有小纸片，出价然后扔纸牌，每一张卡片都代表着高价码，日后都会渐渐涨到百万元的量级。卡特丽一直在记录。靠这个新的百万游戏她迎合着安娜，而且总是让安娜赢，但是这种强迫自己相信的方式让她饱受折磨。就像是侵犯了这些真实数字的尊严。当这些游戏与安娜的事业相关时，或者说与安娜谈论自己的事业相关，卡特丽会营造一种不真实的气氛，这让她很难纠正数字的平衡性和内涵。但无论如何，她总是以公平的数字赢得游戏，在原有夺取的数字基础上增加报价，让安娜确认属于马特兹的份额。之后抱着更加谨慎的态度，她会记下属于安娜的那份。

用虚拟的金钱做游戏让她非常开心。安娜戏耍数字的做法让人眼花缭乱，卡特丽生平第一次进退失据，坐在房间里长时间用手按住眼睛，试图把虚拟的游戏和现实的数字区分开来。数字在恶狠狠地追逐着她，但是它们不再站在她的一边。卡特丽甚至觉得，安娜的游戏是一种变相的惩罚。那些被遗忘很久的信件被逐一回复，新的却很少寄来。安娜有些失望："今天没有人供我们欺骗了吗？那么来玩那个百万游戏吧。"这个游戏能够通过份额分配来恐吓你的对手，而且你出价的高低已经不是那么重要了。

她们开始玩一种竞卖牌戏，但是这是一个错误的选择。安娜输得精光，这让她非常生气，变得暴躁起来。于是她们又回到了百万游戏。

*

一天，安娜一个人在家，她牵着狗到后院去遛，跟它玩捡东西的游戏。狗渐渐发生了改变。当你在后院经过它身边时，它会站起来向你露出牙齿。

“坐下。”卡特丽说。狗遵从地坐了下来。

第二十三章

安娜卧室的窗下有一个白色的精致的金属雕花桌子，它孤独地立在那里已经很久了。卡特丽希望用它来摆放那些装着她的私人信件以及她父母的通信的文件夹。这些文件夹用白布覆盖，以和周围的家具协调一致。“好的，”安娜说，“爸妈的信件。我还以为你很早就把它们放到雪地里去了。你读过它们吗？”

卡特丽愣住了。她看到安娜的脸色突然发生了变化。她的脸缩作一团，像在等待着一个并不吸引人的谎言。“不，我没有读过它们。”她说。

“仅仅是想看，”安娜说，“每个年份都被记录在背脊上。现在我可以随心所欲地查找我想要的东西，在任何时候，比如，某人在一九零八年写给父亲的书信。”

卡特丽仔细观察了她的脸一会儿，一言不发地走掉了。

*

安娜开始清扫房间，她把所有的家具一件件搬走，又一件件放回原位。她的病态心理迫使她变得强悍而难以应对，直到她的需要得到满足。最后她把放着苏尔维亚来信的白色文件夹放到了床边。

来信是按照日期顺序排列。她浏览了在学校的岁月和苏尔维亚结婚时的情形，以及苏尔维亚在意大利旅游时寄来的所有明信片。她看到了父母相继去世时，友人们发来的吊唁信件。安娜很不耐烦地搜寻着，她希望很快找到第一张水彩画的明信片。它终于出现了。“亲爱的安娜，很高兴你能坚持你的事业。一个好的爱好会使得事情变得容易许多。”

不，不是这样的，它们不能够变得如此重要……只是后来，当苏尔维亚第一次看到它们，或者是第一本书寄来时，她已经记不清了……无论如何，就是在她们第一次谈论安娜工作的时候，谈得非常认真，苏尔维亚说了这些话……她帮助了安娜，至少帮助了她做出改变。或许她说的是这句话："生命是短暂的，但艺术是永恒的。加油，小安娜。"又或许是："不要把它们看得太重。灵感来时自然就来。"又或者是："我觉得你的兔子非常可爱，不要担心它们了。"

最后的一封信中写道："你说的捍卫领土，不受欺骗，这话是什么意思？你收到我的新年礼物了吗？"

接下来信件隔了很长时间，然后逐渐过渡到了圣诞卡片。安娜回过头去找一些重要的话，苏尔维亚曾经说过的、对她的工作起到决定作用的话，但是没有找到。苏尔维亚没有明白也没有关心过她，苏尔维亚只是过度多愁善感罢了。

安娜把空文件夹替换到合适的地方然后把信件放到塑料袋子里。她来到地下室，把破旧的花瓶全部放到袋子里，然后把它扎起来。家里只有狗在。安娜穿上暖和的衣服一路下山来到海边。冰面非常滑，通往大型垃圾场的路比她想象中的要远。那是一个超大的垃圾场，大得和纪念碑一样，她努力找寻垃圾场的位置和模样。但是没有成功，便"嘭"地把塑料袋扔在地上，返回了家里。没有人看到她与苏尔维亚的道别。在大厅里，她对狗说：“对此你想说什么？”但是这次与狗的对话并未让她有任何征服感，只是一次观察。

第二十四章

马特兹一整天都待在船坞，晚饭之后就回到自己的房间。卡特丽没有任何疑问。

“他或许正在画图纸，一些细节或者是其他的东西需要完善。他除了船舶类书籍之外，其他类型的书也不看了。很快我就要支付底金给里杰伯利了，占总金额的三分之一，下一次等到账清再付，最后的一点要等工程结束再结算。当我付清了底金之后，我要告诉马特兹他建造的是自己的船只。但无论如何，我不敢和安娜去说，她变得越来越不可捉摸。

她可能欺骗会砍掉马特兹的份额，说这只是一个游戏而已。

我必须等待，小心应付她，坚持住。在我的记忆中，我所做的事情除了等待之外别无其他，等待最后的行动，大胆而充满预见性地去实现自己的想法，等待那个足以改变所有事情的伟大决定。船只是非常重要的，但这只是开始。我会将她的遗产以及那些闲置资金两倍或三倍地扩大，把它们盘活，巧妙地投资，把本金还给她，这种双倍多倍利滚利的百万游戏不再是假装玩玩而已，那是一个值得我去玩的游戏。这事情决不能耽搁，决不能！”

第二十五章

一天，卡特丽在外面遛狗，安娜打开她工作的抽屉，她唯一没有被整理过的箱式抽屉。抽屉封闭了一整个冬天。每当春天的薄雾第一次出现在海边时，安娜总是仪式般地搬出这个箱子。

她把这个磨损的柚木的家伙抬起来，仔细地上油，小心翼翼地检查她的画作。她仔细检查着貂毛画笔，她所买的最好的画笔，她认真地注视着这些材料，所有东西摆放得和原来一样。看完，她再把每件东西都精确地放回原位。

她来到屋后的丛林中，在雪地里挖了个洞。最下面是苔藓。她用双手紧压冰面，感受着冰雪在慢慢融化。但是此时此刻这并没有发生，时间还没到。

第二十六章

卡特丽走到海岬口，听到树林边黑色的松鸡发出的第一声鸣叫。雪像沥青一样发灰，朦胧的深蓝色的云在上面留下了一条长长的色带。狗跌跌撞撞走不稳路。当他们靠近灯塔时，它急忙跑开了。她用狗熟悉且服从的命令声把它召唤了回来。它像狼一样四处巡视，但就是没有回来。卡特丽抽出一根香烟。她用更低沉的声音再一次召唤狗过来，但是它仍旧没有移动。

她转身离开。灯光强烈且透明，大地笼罩着一种期待感，水汽弥散开来。在沿岸，冰已经被破坏殆尽，海水在裂缝中尽情呼吸，随着浪花撒到冰面上又流回海中。卡特丽点上一根烟，将空盒子拧皱扔到冰面上去。狗又去把它捡了回来，用嘴叼着从海边的水中趟过放回到她的脚边。它把头侧过一边，用眼睛直勾勾盯着她看，卡特丽看出来并且意识到她的狗已经变成她的对手了。回到家她对安娜说："安娜，你毁了我的狗，你竟然背着我偷偷摸摸地去教狗学坏，我现在已经无法信任它了。"

"信任是吗，"安娜反驳道，"我不知道你是什么意思……狗天性好动，不是吗？！"

卡特丽走到窗边，背对着安娜，她继续说道："你知道自己干的好事，这只狗不再知道它所期待的是什么，这么说很难理解吗？"

"我不明白！"安娜喊道，"有时我只是想玩玩，但是有时并不是这样……"

"你并非只是为了娱乐而跟狗一起玩。你知道的。"

"那么你又如何呢，卡特丽·柯林？你的那些关于金钱的游戏，不也是一点都没有趣的吗？别告诉我狗也很快乐，它只是被动服从而已……"

卡特丽转过身来。“服从？”她说，“你根本不知道这两个字的含义。它体现着对一个人的信任，以及从一而终地追随他的指令，这是一种信仰，它意味着对责任的自由。这是一种简化。你知道你必须做的事情。只需要相信一件事情令人感到安心、安宁。”

“只服从一个东西！”安娜脱口而出，“你这番演讲真不赖，但是我为什么必须服从你？”

卡特丽的回答有些冷漠：“我以为我们在谈狗的事情。”

第二十七章

一天早晨，安娜说她要亲自到杂货店去取回她的信件。

“去吧，”卡特丽说，“但是路上很滑，所以穿你的皮靴子去吧，而不是你常穿的那双。还有不要忘记你的太阳镜。”

安娜穿上她常穿的那双靴子。山路状况非常糟糕，当她快要到达大路的时候，滑倒在了雪地里。到了杂货店，她抬起臂膀张望，但所有的窗口都空荡荡的。

“哦，哦，”杂货店老板说，“您真是稀客啊，艾美林女士。我有些受宠若惊。我的意思是我对您那里的情况一无所知……如今，我想说的是，我能为您做些什么？”

“我想要一些糖果，但是我忘记了它们叫什么……时间太久了。我只记得上面有个小猫图案，一个方形的盒子上有个小猫。”

“小猫，”杂货店老板仔细回忆道，“这是个很老的牌子了，但是我们有了一款新的产品，是小狗的图案。”

“不，谢谢，我还是要小猫的。”

“非常好。家里有一只狗不好养吧？据说它非常野蛮。”

“狗表现得很好。”安娜反驳说。她想起来杂货店老板曾经欺骗她的事情。他的笑容不再那么友善，甚至礼貌都没有。安娜转身走到罐头货架边，但是像往常一样她无法决定自己究竟想要什么。松德布卢姆夫人来到杂货店，样子惊讶过了头，随后向她问候了一声，然后拿了咖啡和空心粉，还有一瓶柠檬水，坐到了窗边的桌子旁，想听听他们在聊什么。

店老板说：“柯林女士已经变成了一个家庭主妇。我早就说过她知道自己在做什么，而且她的弟弟看起来似乎比我们想象中更聪明。现如今他们开始建造他自己设计的船只了。是这样吗？”

“那是什么？”安娜问道。

“酵母菌。人们烤面包的时候会用到。”

松德布卢姆夫人一边自言自语，一边又拿了很多柠檬水。

“船，”店老板微笑着重复道，“船是非常好的东西，我非常喜欢它们。建这艘船是您的授意，对吗，艾美林女士？”

“不，”安娜说，“我对船的事情一无所知，很遗憾。我看过了船的图。我要买的就这些，请帮我记在账上吧。”

突然间，屋里的气氛变得充满诡异。当安娜离开时，松德布卢姆夫人在她身后说道：“请代为问候柯林女士，表达我对她特殊的敬意！”

安娜往家的方向走，忘记了拿包裹的事情。他们说的是什么？只是一些普通的八卦罢了……不，不，他们不能再欺骗她了。她知道，他们充满恶意，发自内心地讥讽她，安娜·艾美林，他们在讥讽卡特丽和马特兹……这个地方她不会再来了。不会再去除了树林之外的任何地方。她需要工作，越快越好……就现在吧……

那个小猫牌的糖果已经没有了四十年前的味道，而且会粘牙齿，这挺讨厌的。安娜走得飞快，只低头看路。很多邻居都向她问候，但是她都没注意到，她只想赶快回家，见到可恶的卡特丽，虽然她的世界已变得面目全非，但是在她的世界里没有什么是缺德并且值得隐瞒的。在村子边缘的街上，尼加德夫人向她走来，站在街上向她问好："你怎么走得这么匆忙呀，艾美林女士！你是到外面去踏青，寻找春天到来的脚步了吗？我们很快会看到春回大地的。"

她非常平静、友好的声音让安娜从她的思绪当中停止。她站在春泥中向天空望去，春日的阳光照耀着她的眼睛。

"兔子别墅里一切都好吗？"

"原来，"安娜很快地说，"原来这就是村子里的人称呼它的方式吗？"

"是的。你不知道吗？"

"不，我确实不知道。"

尼加德夫人诚恳地看着安娜说："这只是一个昵称而已，没有别的意思。"

"抱歉，我还有点急事，"安娜说，"你不会明白，但是此时此刻我非常着急……"

越接近岸边，路上冰冻得越结实。她用来支撑走路的木棍常常打滑，而没有让她的脚步更加平稳。这非常可笑。安娜从路边的雪中一路爬上山，已经上气不接下气，但是她仍然坚持。路已经不远了，但是她越走越紧张。她需要尽快走到自己的地盘中去，在一排云松下面，雪清晰而干净，没有被人踩过的痕迹。在山脚下，村里的孩子们有节奏地喊着什么，一遍又一遍地重复着那个她听不懂的词语。他们盯着她的房子。

“别喊了！”安娜冲着他们叫道，“我在这里。你们要干吗？”

孩子们停止喊叫，跑开了。

“现在，别害怕了，”安娜说，“你们能来真的很好……但是你们也看到了，我这会儿没有时间接待你们，我非常急……”她试图在包里找着糖果盒子。孩子们不再关注她，他们已经又转过身对着房子大喊大叫了。像是在喊“女巫，女巫，女巫……”安娜经过他们身边继续向山上走去。手上紧紧拿着糖果盒子，她把盒子撕开，抓了一把撒在雪里。“这是给你们的。”她说完向着他们摆动着木棍，接着继续向路滑的山上走去。

微风在屋后的树林里轻轻吹拂，厚厚的积雪从邻居家的云松枝杈上纷纷落下，一会儿那边，一会儿这边，整个树林充满着层次感和口哨声。在树木之间，阳光照射下来，露出土地的黑色和春天的嫩芽。安娜这里停停，那里看看，好像在等什么，然后又继续走路。

“她今年出门的时间有些早，”里杰伯利说着向窗外望去，“这个老女人可能没有看清楚日历，她的腿脚也没有往日那样灵便了。”

“没什么好奇怪的，家里有个女巫，”他的兄弟说，“还是操自己的心吧。”

爱德华·里杰伯利回到屋子说：“闭上你的嘴，你所鄙视的女巫比你聪明十倍，而且你也不比她好到哪里去。”

安娜沿着树林边缘走去，一棵树接着一棵树，同样的道路她每年都走一遍，怀着同样的兴奋之情，这是积累了一个冬天的渴望。她知道去自己树林的路，但是今天，这个还不成熟的日子，黑土没有任何开春的信号。除了潮湿地面上的雪片，其他什么都没有，这些雪片也没有任何涵义，没有即将到来的奇迹，没有任何期待。

安娜回到了家。

第二十八章

安娜总是把自己想象成大地的艺术家。她曾经说过这番话，却惊奇地发现，她的听众都把这些话当作丧失责任感的标志。相反地，她觉得对自己这样的评价显得平静且充满说服力，她，安娜·艾美林，严格说来，是唯一一个能用正确的方式绘制森林大地的人。这些永恒生长着森林的大地从不会背叛她。当安娜第一次造访森林时，她就有一种巨大的焦虑感。没有任何东西，没有任何人能够平复她的恐惧。她感到自己被剥夺一空。

她的焦虑感与日俱增，安娜不知道为何要拿出父母漫长生活中曾经收到的信件，但是这和她的工作、她与工作的关系有关。在那些塞得满满的文件夹中，一定能找出一个解释，解释那个作为孩子的安娜或是少女初长成的安娜，为何会被森林中的大地牢牢吸引，为何把她带到了这个至今为止从未背叛她的世界中来，这个理由非常重要。以前肯定有人谈论过她的事。这里有很多的信件，非常多。但是人们写给朱蒂斯和埃利斯·艾美林的信中，从未提及他们的女儿。安娜继续读下去，读得越来越快，跳着读，读得连晚餐也不想吃了。当天色暗下来，她点上灯继续读，用她的方式扫视着各种文字、各种对早已去世的两位老人所发表的评论。她每次打开一个文件夹，再把它放在一边，信上的年代就一点点往前走，但是仍然没有人在信里提到过她。他们最多会写“向你的女儿表达问候”或者是“祝你们一家三口圣诞快乐”。她都没有被单独提及。

这边是一封父亲与政府机构的通信，还有他在各种社会团体和俱乐部的会员费用清单，还有妈妈的家庭账目、出国保存下来的火车票、从地中海某些城市寄出来的明信片，到这些城市的时候，人们会突然想起一些从未见过的朋友，文件里还有写着“亲爱的埃利斯，祝贺你的女儿顺利毕业……”的信件等等之后，随后就是一些给埃利斯·艾美林发来的吊唁，再之后就没有了。

“没错，”安娜说，“可能我就是从那个时候起把大地作为临摹对象的。”

第二十九章

第二天早晨，安娜不想起床。“走开。”她说。

“你感觉还好吗？”卡特丽问。

“没事。我只是不想起来而已。”

卡特丽把茶杯和托盘放在床前的桌子上。“这是一本错误的书籍，”安娜说，“我读过它，但是它非常没头没脑，我甚至没有耐心去看它的结尾。它们一模一样，同样的事情重复一遍又一遍。”她用枕头盖住自己的头等待着反驳，但卡特丽走开了。在后院，卡特丽拦住了正要出门的马特兹，她说："你不去跟安娜说说话吗？她不想起床，而且她也没有生病。她是生气。"

"为什么？"马特兹说。

"我不知道。"

"但是我该说些什么呢？"

"你们一般在晚上会说些什么？"

"不是很多，"马特兹说，"我们只是谈了一些书的话题。"

"她不想再看书了。"

"我知道，这很糟糕。"

"什么东西很糟糕？"

马特兹没有回答，他只是看着自己的姐姐。姐姐走开之后，他去看了看安娜，他只是泛泛地说，很快我们就能让船下水了，冰块不会再停留过长的时间了。

"听着，马特兹，"安娜说，"我知道你是来安慰我的，是卡特丽派你来的。"

"确实是这样。"

"船什么时候下水，跟我一点关系都没有。"

"你误会了，女士，"马特兹诚恳地说道，"这关系到一笔大生意。我可以告诉你我们正在造一艘非常漂亮的船。"

“你没有说过。”

“船是按照我的设计造的。”马特兹在门口停了下来，发现没有其他话可说。最后，他问自己是否还有其他事情能够帮上忙。

“是的，有，”安娜说，“你可以把这些东西统统扔到雪里去。这个房间太拥挤，我几乎不能呼吸了！”

“但是这会很可惜，”马特兹不同意，“这些文件夹非常昂贵。卡特丽为了与家具搭配，特意把它们做成白色。”

“把它们拿走，”安娜说，“把它们搬到雪中那个旧家具堆里去。它们在那里会搭配得很完美，会融为一体。你说过冰会融化，我很乐意见到它们一块儿消融。”

安娜没有去吃晚饭，但是再晚一些，当房间陷入黑暗时，她走到厨房去冰箱里找一些东西吃。当她还没来得及找到卡特丽给她订的塑料包裹时，马特兹在门廊出现，并向她说道：“嗨。”

“你又在那里，”安娜说，“看看你姐姐是怎么摆放这些食物的！不打开这些可恶的东西，没人知道这里面究竟有些什么……你把那些东西放到雪堆里去了吗？”

“是的。我把文件夹搬过去了，但是如果你还需要把更多的文件夹一起搬过去的话，那么请快一点。冰雪即将融化。”

“我在找奶酪。但是为什么奶酪应该在塑料容器中，我不能理解。你觉得冰雪就要融化了？”

“大部分，但是在整体融化之前，有些冰面已经在融化中了。”

“你知道，马特兹，我有时会莫名其妙地感到疲倦。你说的那个关于船只的计划是什么？”

“它只是我的设计而已。”

“我想看看它。”

“但是最好的在船坞里，我只有草稿版本的。”

“拿来看看。”

“哎，这图画得不怎么好，有点潦草。”

“马特兹，”安娜说，“去把它们拿来。这也许是你有生以来唯一一次向一个懂什么叫草稿的人展示你的草稿的机会了。”

安娜把设计图放在面前，安静地看了很久，她从头到尾看了一遍。最后她说：“那个线条非常优美。”

“这被称作船线形。”马特兹说。

安娜点点头："这是一个很好的词语。你曾经想过这些枯燥的专有名词是如此优美迷人而又贴近实际吗？那些工作术语、工具和颜色的名称都是那么美。"

马特兹对安娜笑了笑。在无数次绘画之后，她感觉这些线条是如此坚韧、顽强，在完美的弧线之中蕴藏着无限的能量，她突然看到了门廊前吹来的风的线条，这还是头一回，设计图的线条和它如出一辙。"我想你的船会非常美丽。"她说。

马特兹开始解释。他用了一大段语言给安娜扫盲，告诉她船只是如何适应海上的气候以及如何载重的。他说了很多她从未接触过的专有名词，但安娜也没有打断他去问任何问题。最后，马特兹缩回到他的椅子上，把胳膊枕在头后发笑。"二十马力！"他说，"勇往直前！出发！"

"是的，"安娜说，"勇往直前。现在我终于理解你为什么不再想读古老的海洋故事了，你开始建造自己的船了，现在的你不用再读了。"

"但这船不属于我。"马特兹说。

"它不是你的船吗？"

"不，只有设计是我的。他们会把船卖掉。"

“谁会去买呢？”

“我觉得里杰伯利也不一定知道，他们只负责建造。”他站起来把图纸折起来。

“等等，”安娜说，“如果有了自己的船……你会怎么做？”

“驾驶它出海，当然。要待上几天。”

“一个人？”

“你认为呢。”

“我梦想着有一艘船，”安娜说，“一艘停靠在岸边的船，这样我就能随时出发，到我想去的任何地方。谁都不知道……我想象过划一艘白色的小船。你会操作马达吗？”

“我正在学习。”马特兹说。

花园的门打开又关上了，他们竖起耳朵听着，等听到卡特丽走过之后又回过神来。

“很难学吗？”安娜问。

“如果你想学的话不是很难。我们把船发动起来之后，要做最后的检查。然后再考虑发动机、油箱和驾驶座的事情，然后是船舱，其他东西后面再考虑。最主要的事情是把船从船坞里弄出去，把空间留给下一个工作。”

安娜只听进去一半。“我曾经也划过船，”她说，“我借了一艘小渔船然后自己试着划，但是岛屿太遥远，而且我必须及时回家吃晚饭……但是如果我买下你设计的这艘船，别以为我会时刻待在上面，我可能极少使用它。事实上，我只需要知道它在那里……仅仅是想法而已，你知道的。你只要把它当成你的船就可以了。”

“我不明白。”马特兹说。

“你不明白什么？”

马特兹只是摇了摇头然后看着她，一脸决然的表情。

“你觉得我只是说说而已吗？”安娜很不耐烦地说，“你不知道的是，如果我真正想要做一件事情，我会全心全意去做，任何事情都阻止不了我。这些日子以来我想要做的事情太少了，真是让人羞愧……但是我希望送你这艘船。不，我们别再谈论这个了，至少现在别谈了。这是一个你我之间的秘密。现在我要去睡觉了。我要睡一个好觉，睡个很长很长的觉。”

第三十章

“能耽误你几分钟吗？”马特兹说。里杰伯利从他的工作中抬起头来，发现这是一个私人的邀约。他们来到船坞的一边。

“什么事？”

“你没有承诺把船给别人吧？”

“我要知道发生了什么。”

“因为这是我的船，”马特兹轻声说，“你知道的，这是我的船。我要成为它的主人。”

“你没说过，你准备付多少钱买下它？你的钱都准备好了吗？”

“已经准备好了。”

“如此说来，万事俱备了，”里杰伯利热情地说，“别着急，我们不会把船许诺给错误的人，根本不会。最重要的是，我懂得如何去跟别人沟通。一个匿名的捐赠者，听上去很棒。只要它造好。”

当天下午，里杰伯利正在船坞外面吸烟，卡特丽来了。“你好，小女巫，”他说，“事情正在进入轨道。”

卡特丽和她的狗都停了下来，她喜欢里杰伯利。

“一切都顺利进行，”他说，“你不要担心付定金的事情，而且也别再装模作样了。现在每个人都知道这是马特兹的船了。”

卡特丽僵住了：“谁这么说？”

“当然是马特兹自己说的，他亲口跟我说钱都准备好了，还会有假？”

“不。”

“你看上去很疲劳，”里杰伯利说，“你不要把日子过得这么艰难。你只需默默等待，事情总是会自然地好起来。”

“它们不会。如果只是等待，事情不会自己办好的，有时候都等过头了。”卡特丽走开了，狗在后面紧紧跟随。里杰伯利站在原地看着她们，心里有些纳闷，总觉得事有蹊跷。

卡特丽边走边用低沉的声音不断地给狗发号施令。狗跑到一边，它脚上的毛发立了起来，耳朵也像遭受攻击时一样直立。突然，卡特丽失去了理智，冲它大喊大叫。她站在大街上就冲着狗叫唤，用她所能想到的所有语言，直到骂得词穷，自己也筋疲力尽，她骂出了自己的悲伤和疲惫，之后狗开始狂吠。这个村子里没人听过卡特丽的狗叫过。他们已经熟悉了小狗的叫唤，向整个世界呐喊，但这是一只野性十足的家伙，每个人都听到了它的叫声而且想知道究竟发生了什么。狗还在狂吠。它慢慢地跟着卡特丽回到家里。她把狗拴在院子里，但是狗继续在叫。

“你的狗怎么回事？”安娜说，“为什么一直在叫？”

“它已经不再是我的狗了，”卡特丽说，“你已经把它从我的身边夺走了，还有你对马特兹做了什么？你在这里整夜整夜地坐着，一边看着书，一边计划盘算着你们之间的协议……”

“你在说什么？我听不懂你说的话……”

“船！他的船！你送给了他。”卡特丽靠近她。她无声地哭泣着，她的脸一动不动。“你把这艘船送给了他，”她说，“本来该我送的，你必须知道这一点。”

“不，”安娜说道，“不，我不知道！”

“这是我要给马特兹的玩具！这件事对我来说这很严肃！”

“我不知道，”安娜重复道，“别这样。你吓到我了……”

“我知道，”卡特丽说，“我们要好好照顾你。你太敏感了，你鄙视金钱，它对于你来说算不了什么，你把它到处乱扔，坐在它上面，玩弄它。但是，无论你做什么，我们都必须好好照顾你。安娜，赠送别人礼物是一件很棒的事情，不是吗？还是送给一个会惊奇而且珍惜的人，我一生都跟他生活在一起，花全部的时间去讨他开心。每件事都被记录下来。所有赚到的钱我都老实地写下来，而且征得你的同意。这是事实吗？我有个主意……”

安娜非常害怕，她从潜意识中喊了出来：“你根本就一无所知！马特兹知道的。我也知道。我们在塑造生活，但是你只懂得算计……走开。”

卡特丽没有回答。

“我曾经有一个主意，”安娜说，“我确实有，不是别的什么，你能让你的狗安静一会儿吗？”

*

哦，安娜，让它去叫吧，让它为我的反复无常和自欺欺人的悲哀而嚎叫吧，为了优雅而无意识的残忍放纵、小心眼和愚蠢——很多的愚蠢是天生的，无可救药的愚蠢，都向天空嚎出来吧！因为你永远无法猜到、无法理解我想要做的事情。

*

卡特丽来到岸边，马特兹正朝她走来。“狗为什么狂吠不止？”他问道。

她没有回答。

“它一定是哪里不舒服。你要去做什么？”

“没什么。”

“没什么？你什么意思？你要知道你是它唯一认的人。”

“马特兹，拜托，”卡特丽说，“别生气。它现在已经不认我了。”

“但是你看起来很不在乎。”

她摇了摇头。两个人都不再说话，过了一会儿她说：“看那边的岩石，它们像花一样，不是吗？”他们盯着岸边巨大的岩石看，春意融化了上面的积雪，露出炭黑般的颜色，与白色的冰形成鲜明的对比。每个上面的冰都在开裂，像花冠一样。卡特丽说得很对：岩石确实像极了花朵，黑色的花簇从岸边延伸开来，在冰雪之上留下了绵长的阴影。太阳即将落下，夕阳在他们脚下留下一条金色的光柱。

“卡特丽，”马特兹说，“来，我要给你看样东西，但是你要赶紧过来，我们只有几分钟的时间。”

船坞中傍晚的阳光依然猛烈，从每一个光滑的表面照射它们，每一个细小的工具，以至于整个房间像一块黑金一样散发着落日的安宁。卡特丽看着船，它正被建造着，现在只有一个格状结构的骨架，它被照得最亮。过了一会儿太阳落山了，颜色消失得无影无踪。

“谢谢，”卡特丽说，“我在这里再待一会儿可以吗？我知道我必须离开水边。”

“可以，这样最好，”马特兹说，“不要忘记把门锁好。”

第三十一章

狗一整夜都在叫，有时候甚至是在嚎。直到早晨，卡特丽才出去把它放开，它直接钻到了树林中。之后，叫声从很远的地方传来。

第二天狗杀死了一只兔子，事实上这是一件很不起眼的事情，这并不比咬死里杰伯利养的兔子，而非按计划在一两天后将它的脖子勒紧窒息而亡要来得糟。他们坐着享用晚餐。狗来到门厅里，马特兹让它进来，它跑到安娜身边把死兔子放到她的脚下。安娜将汤勺滑进汤里，脸色变得苍白。

“把它带出去，”卡特丽说，“马特兹，快！”

安娜坐在那儿，盯着地板发呆。虽然没有很多血迹，只有很少的几滴。卡特丽站起来，把她的手帕盖在令人不快的血迹上，走到安娜前面说：“没事的，没什么值得害怕的。”

“或许是的，”安娜说着继续慢慢喝着她的汤，“去坐下来吧。”几分钟之后，她说，“卡特丽，你对我真好。”

死兔子被扔到了雪地里。

第三十二章

狗夜里继续在叫，有时遥远，有时很近。到了早餐，又开始叫，之后安静了几个钟头，但是人们一直躺在床上等待着它再次嚎叫，他们会说："你听到了吗？它就像森林里的一头狼。一个愁眉苦脸的女人养了一只凶神恶煞的狗，它应该被射死。"

卡特丽没有谈论任何关于狗的事情，她把食物和水都放到院子里。有时候马特兹会在厨房等它，他坐在窗前，关着灯，开着门。他只看到过一次狗，是在灯下，他缓慢地从台阶上下去然后把它哄到笼子里去。但是它很快就跑到树林里去了，所以他也放弃了。

一个周日，尼加德夫人来访。她带来烤得热腾腾的面包，用毛巾包裹住。“艾美林女士，”她说，“我想和你单独谈谈，如果卡特丽不介意的话。因为据我所知，你们大家是一起坐在桌子旁边吃饭的。”她很快切入正题，“我比你年长几岁，艾美林女士，所以我有资格去说一些别人不能说的话。在村子里，我听到了一些说法，而且我想我有必要来兔子别墅听一听看一看到底发生了什么事。”

“他们说了什么？”安娜很快就问，“他们是怎么说我的？是杂货店老板在说吗？”

“亲爱的，拜托，别这么激动……”

“哦，我知道，”安娜打断她，“是他，就是他。他是一个很邪恶的人，根本不值得信任。”清晰的红斑在安娜的脸颊上出现，当她转向她的客人时眼光变得锋利。“难道不是吗？和我坦白说吧，一定是他。要么里杰伯利也参与其中。他们俩会骗人，他们欺骗过马特兹。马特兹总是被克扣工资，每个人都知道。他们传的事与船有关，是吗？”

尼加德夫人沉默良久。最后她严肃地说：“我原先有一种预感，我猜这里的气氛和以前不一样了，现在我确信我是对的。听我说，亲爱的小伙伴。我们只是想知道你是否过得好。为什么狗一直在嚎叫？”

安娜把咖啡杯子放下。“对不起，”她说，“我从来没有真正喜欢过咖啡。只是曾经喜欢过。我的意思是我曾经觉得自己喜欢过……我不知道。我不知道为什它一直在嚎叫。我不想谈论这些事情。”

“安娜女士，那艘船是你的礼物吗？”

“不，它是卡特丽的礼物。”

“是的，卡特丽。是的，她已经为此攒下了很多钱。”

“她攒钱有什么不对？”安娜富有挑战性地说道，“卡特丽攒了很长时间的钱，而且她把每件事情都记在了笔记本上！”

尼加德夫人缓缓地点点头。“是的，的确是，”她说，“不是每个人的肩膀上都顶着如此好用的一颗脑袋。”

“卡特丽是诚实的！”安娜强调说，“她是唯一一个我可以依靠的人！”

“但是为什么你如此激动？我们都知道卡特丽·柯林是一个有能力且很会打理的年轻女人，我的小安娜……”

安娜再次打断她的话："不要说我亲爱的小……等等，等一下，没什么……"过了一会儿，她解释说，人年纪到了，所以她眼睛里如此容易就饱含热泪……"春天的阳光如此明媚，来点咖啡吧？"

"不，谢谢。我不需要。"

尼加德夫人安静地坐着，手放到肚子上，继续等着安娜说话。最后安娜开始说话，她说了很多过去时常困扰她的事情，她发现，自己竟然开始说起人们的坏话了。"我以前从未说过别人坏话，"她说，"相信我，从来没有。有人曾经对妈妈讲，你的女儿很特别，她从来不谈论别人的缺点。我记得，记得很清楚，但我现在为什么会这么说别人？我过去对他们的信任是真的吗？或者只是说我原谅了他们？"

"好吧，好吧，"尼加德夫人说，"这场雪下了很久了，不是吗？"

"但是你相信别人，是吗？"

"是的，我想我会这样。为什么不呢？一个人为人处世的方式是看得见听得到的，有任何遗憾和对错，都要他们自己去反省。我们不能对他们所说的话失去信任，这样只会把自己弄得更崩溃。"

“天快黑了，”安娜说，“我不想留你太多时间。”

“我不着急，”尼加德夫人说，“反正一天都快结束了。不过我觉得我是该回去了。有时候一下子说太多，不是一个明智的举动。”

这个夜晚，狗不再狂吠。

第三十三章

春天越来越近。这些日子以来，树下的土壤被温暖的阳光滋润着，夜晚显得冷清、深蓝。这是一个极其美丽的季节。船已经快要造好了，但是兔子别墅里没人谈论它。鸭绒已经寄来。一天夜里，风从海边吹来。卡特丽躺着静静地聆听，遥想起春夜里来到海边等待着破冰时刻。那时她非常年轻。当第一只海鸥快来时，她便习惯性地去等待它们。它们每年总是同一个晚上到来。

是的，它们总是晚上到来。卡特丽呆立在那里，瑟瑟发抖地聆听，整片地面上就她一个人。那时的她，和现在一样有耐心，想法也像现在一样宏大，她要去征服广阔世界，虽然还没有稳妥的立足点和明确的目标，但这股想法非常强烈。而现在，有了目标。

卡特丽无法入睡，凌晨时她爬起来穿上衣服，来到屋子外。温度不是很低，但风一刻不停地在吹。太阳已经升起来了，而那温和、透明、无色的光芒刺破天际，照在岸边的冰面上。卡特丽站在船坞的尽头，看着黑色的冰面在膨胀，朝岸边袭来，那是一长排汹涌澎湃、起起伏伏、慢慢靠近的海浪。

冰面即将被打破，但是还没有。它仍然坚固，远方的海面一定已经解冻，船即将下海。他为什么不说关于船的事情呢?

卡特丽朝灯塔方向走去。走到一半看到了狗的身影，它在树林边紧紧跟着她，有时身形会被树木遮挡。当她来到灯塔时，狗却消失了。卡特丽爬上房门紧锁的灯塔，阳光直射她的眼睛。就在海岸线上，冰面已经融化了。薄薄的浮冰撞击着岩石，发出沉闷的声音，然后粉身碎骨四散开来。水面显得异常漆黑。

撞击声安静了，但是当狗出现的时候，卡特丽立马后退到灯塔的墙边，用胳膊挡住脸，此时此刻，她意识到了狗凶猛残暴的本质。狗的步伐很优雅，步子很大，它在过去从未使出过全力，但此时此刻它却突然跳到她喉咙口，冲她呼着热气。当它沉重的身体跌回地面时，它的爪子在水泥地上留下了抓痕。她们静静站着，看着彼此，双方的眼睛都泛着黄色。最后狗把耳朵耷拉下来，拖着尾巴，然后突然转身朝东跑去，远离了村子。

*

卡特丽回家时马特兹正在后院砍木材。他问道："发生了什么事？"

"没什么。"

"谁把你的棉袄扯坏了？"

"是狗，但是它后来走了，什么都没有发生。"

马特兹朝她走了过来："你总是说，什么都没有发生。狗到底怎么了？"

"它跑了。"

"这非常糟。现在它可能再也不会回来了。它会变成野狗的。这样子，它是无法生存的，但是你却坚持说什么都没有发生。"

“让它去吧，”卡特丽说，“你想让我怎么样？”

“你就不关心吗？”他说，“你一点都不在意它吗？它是你的狗，但你把它吓跑了。”

“马特兹，你现在喜欢唠叨了，”卡特丽说，“你和安娜待的时间太久了。当心一点，她现在对你一点好处都没有。”卡特丽并没有停下来。她开始朝她的亲生弟弟大喊大叫，“你到底在想些什么？你觉得会发生什么事情？我没有尝试过吗？我做了一笔最诚实的买卖。我努力去保护过它，让这个没有安全感、没有方向甚至一无是处的家伙，活得有安全感。我为它遮风避雨，我告诉它该做什么。你难道不知道吗？难道你没看到我牵着狗穿过村庄的情景吗？我和它就好像融为一体，它就像个国王一样，充满着自信与骄傲！当它经过时，每一只杂种狗都保持着沉默。我们信任彼此，从不会撇下对方，我们是一个整体，我曾期待着……”

“你期待什么？”

“我不知道，”她说，“或许你该听听我说的话，相信我……你砍好木材之后，记得把它们盖上，用船坞后面的帆布。”

在后院里，卡特丽脱下棉袄扔到小房间里去，那里是艾美林储存冬靴的地方。

第三十四章

黑夜被驱走，天已经蒙蒙亮了，在过去的几天里，黑夜变得越来越短。卡特丽辗转反侧不能入睡。最后她在窗户上拉了一道帘子，但是仍无济于事。她知道春夜就在窗外。睡眠和黑暗是息息相关的，明亮的夜晚总是让人醒来而且感到不舒服。

“为什么马特兹如此讨厌我？他难道不理解吗？他必须知道，一直以来我是多么努力，我的所作所为是经得起检验的，每一个动作，每一个词语我都是精心挑选过的。如果一个人竭尽所能去做一件事的话，动机难道不应该也是很重要的吗？除了最后的结果之外，难道他们不应该关注一下其他东西吗？如果你竭尽所能去担负责任保护一条狗，一点风霜也生怕伤害到它……它难道不感到一丝安逸吗？难道不该相信那个唯一能给其指引、给其安全感的人吗？它应该要理解才是……它现在跑哪儿去了，今晚会跑哪儿去呢？它不再相信任何人，所以它变得像狼一样危险。但是狼可比它过得好，狼都是成群结队地跑，只有独居的动物才会被围猎追捕。”

卡特丽来到外面的院子里。狗已经不在那里了，它的狗粮一口都没吃。厨房里亮着光。安娜把窗户打开喊道：“卡特丽？是你吗？你把剩下的肉丸放哪儿了？”

“底层，靠右。一个方形的塑料盒子里。”

“你也睡不着吗？”安娜说。

“是的。适应这样明亮的夜晚需要一些时间。”

“我曾经很喜欢这样，”安娜说，“我曾经喜欢过很多东西。”她的声音变得阴冷。

“在你年轻的时候。”

“不是那会儿，”安娜说，“不是很久之前。对了，我不想吃任何东西，你可以把狗粮撤走了，它不会回来了。它想离你远远的。”安娜将厨房的灯熄灭。在客厅里，海面上的亮光透进窗户照射进来。

卡特丽在她的身后说：“安娜？等一下，先别走。你能告诉我，你发生了什么事情吗？”安娜没有回答，卡特丽继续说道：“你难道不清楚我在说什么吗？”

“不，我知道，”安娜回答，她的声音在颤抖，这是怜悯的声音，“我知道你在说什么。我身上发生的事情是，我再也看不到冰雪褪去的大地了。”安娜走进自己的房间关上房门。

第三十五章

一个美丽宁静的春季早晨，马特兹对大家说："现在你们可以来参观了，我们已经把船坞清扫干净而且我们今天不干活。"他非常高兴。在去港口的路上，他对安娜和卡特丽解释说，里杰伯利从来不展示半成品，甚至也不允许买主进入船坞，除非船已经做好了下海的准备。"当然，图纸是另外一回事情。他们会让你一遍又一遍地浏览图纸，但是看完图纸，对最后的实物你只有期待的份儿，看是看不到的。这就是买家与船工的区别。"

当他们进到船坞时，里杰伯利兄弟站在工作台旁边，礼节性地打了声招呼后让马特兹开始介绍。他年轻气盛，还没有学会作为一名专业而自豪的手工艺者应有的沉默。地板被打扫得干干净净，每样工具都摆放整齐。船立在船坞的正中间，用“W”作标记，意思是“西边的村子”，这是维斯特比村的标记。马特兹的介绍简短而清晰。他把所有的机械设备都讲解了一遍，带着安娜和卡特丽围着船转了一圈之后，直接来到船的旁边，开始向她们讲解那些精心设计而且难度很高的细节。女人们说得很少，听得很认真，还不时地点点头，就像完成了一件最新作品一样。最后他们来到船尾，马特兹停止了介绍。

“很好，很好，”爱德华·里杰伯利，边说边向他们走来，“现在你们已经看到了我们做好的全部内容。我们马上要让它下海。现在只有一件事情是非常重要的了，它的名字和取名仪式还没搞定。你们打算叫它什么？”

没有人回答。最后安娜手扶住船尾说：“我们可以叫它‘卡特丽’，对于船来说这是一个好名字。而且无论如何，这是卡特丽送给马特兹的礼物。”

“听起来不错，”爱德华说，“到那个时候我们应该喝一杯。”他的兄弟们走过来跟他握了握手，然后他们开始谈论起来，名字应该刻在船体的什么地方比较合适，在船尾还是船舷，或者在船舱的旁边，是用黄铜做出字母还是直接雕刻在木头上。突然，安娜问道：“卡特丽到哪儿去了？”

“或许她已经离开了，”里杰伯利兄弟中的一个说，“但是她至少应该说声再见。把自己名字放到船上这种事情不是每天都会发生。”

爱德华说：“这样的话就先把这个议题放一放，今天先休息休息吧。如果每个人都同意，那我会很高兴。”

安娜和马特兹回到家里。通往家里的山路荆棘丛生。

“我来给你引路，”安娜说，“这座山一年不如一年。”

“有些事情我不是很理解，”马特兹诚恳地说，“那天晚上我们在谈论船只的时候，艾美林夫人你说过……”

安娜打断他的话：“是的，是的，我说了很多话。那是我的错。你的姐姐为了给你买艘船做礼物，攒了很长时间的钱。还有一点，我可不是什么艾美林夫人，我叫安娜。现在不要担心这些事情了。你现在只需要考虑船上的铺位和发动机，以及接下来所要发生的事情。”

*

卡特丽一回到房间就看到了船只的模型。马特兹把它放到了窗台上，正对着天空。卡特丽把门关上，走了过去，这是一个每一个细节都被精巧复制的船只。马特兹一定为这只模型花了很久的时间。他用了同样的木材，有铺位、发动机盒子、壁画，每件东西都惟妙惟肖，装饰是铜制的。船名用古典的字母，小心翼翼地固定在船舷上，名字是“卡特丽”。

*

他们回到了家。安娜去了她的房间，马特兹来到楼上。卡特丽听到他回来了，很想立刻迎出去跟他说些什么，但是她觉得尴尬，突然迈不动步子，什么都说不出口。在他关上房门之前，她斩断犹豫，跑了出来拉住他的胳膊，就在一瞬间，两个人都不说话了。这是卡特丽第一次敢于拥抱自己的弟弟。

*

下午的时候风停了，外面变得很安静，只有偶尔的狗叫声从村子里传来。安娜的房间里一整天都没有声音。

“我知道，她又躺下了。她盖着自己织的被子，靠睡觉来打发时间，因为她再也看不到大地了，所以她什么都不想做了。她把我拉到了地球上来，她在那里就像一团重物，她——安娜·艾美林。我记得很久以前，当我还是小女孩时，家里养的那条狗，那条咬死鸡的狗，它的脖子上被拴上一条绳子，人们让它拖着那只死了的鸡走了一整天，直到最后它躺在地上，累到不能动弹，它的眼里充满着委屈。这太残忍了，没有比这更让人良心不安的事了……这种事还会继续发生吗？或许吧。她会不会觉得，她是唯一受累的人，把自己藏在针织被下面，放弃了所有，只是因为世界不是她想象中的那样？还是说错在于我呢？我这样成天戴着有色眼镜看人，是对的吗？安娜·艾美林……她还希望我做点什么呢？如果她真的是自己假装的样子，那么一切都错了，一切我做的、我说的、我试图让她相信的事情，都是丑陋的。但是她的天真却在很久以前离开了她，变化来得无声无息，她都没有意识到。她虽然吃的是草，但是却换上了一颗肉食者的心。但是她并不知道这些，也没人告诉她。可能人们对她的关注还不足以发现这一切。我应该怎么办？真相有多少？这些真相该如何证明？怎么证明人们相信的东西？怎么证明人们想要实现的东西？就凭自欺欺人？或者重要的不是方式而只是结果吗？我不知道。”

安娜的手杖落在地上，次数很多，她看上去很不高兴。卡特丽下来的时候，她坐在床上紧紧地裹着被子。“你在上面干吗？”她说，“你来来回回跺脚跺了好几个小时！我一直睡不着。”

“我知道，”卡特丽说，“你只会睡觉。你总是在睡觉。我知道，现在的一切都和你料想的相悖，所以你就想靠睡觉打发日子，你觉得你这么做我会好过吗？”

“你这是什么意思？”安娜说，“你现在又想要说教什么了？我在这栋房子里一直没有平静过。你难道不喜欢他的船吗？”

“喜欢，安娜，我非常喜欢这艘船，我把它视为珍宝。你非常慷慨，说得具体一点，你做事非常公平。”

“随你怎么说，”安娜生气地说，“我睡觉你都能拿来说事，但是现在你让我睡意全无。坐下来想想你自己吧。问题在哪里？”

“有些事情我必须告诉你，这非常重要。”

“难道又是关于橡胶联盟的事情……”安娜开口道。

“不，这非常重要。听我说，仔细听好。我以前没有坦诚对你。我想清楚地让你知道，我自从搬进来时就开始欺骗你。那些我告诉你的关于别人的事情，都是不真实的。我错了，这些我必须告诉你。虽然说了也无济于事，但是我必须要讲出来。”卡特丽说得非常快，她站在门口看着靠在墙角的安娜。

“很有意思，”安娜说，“的确很有意思。”她站起来整理了一下自己的裙子，然后把被子放回原处，“你太让人惊讶了。有时我在想你是这个世界上最严厉的人。别人说的话，你总是嗤之以鼻。你唯一有趣的一点，就是有时候你会说一些别人完全意想不到的话。你现在是在开玩笑吗？”

“不。”卡特丽没有笑容。

“你能把刚才说的再重复一遍吗？”

“不。”

“你说你欺骗过我。”

“是的。”

“那么你所说的是什么意思？”

“意思是……”卡特丽有些为难地说，“意思是那些人都没有欺骗你。我指的是那些和你做生意的人。那些在你身边的人，那些给你写信的人。他们没有欺骗你。你可以再一次地相信他们。”

“坐下来抽根烟吧，”安娜说，“别那样站在那里。这里有烟灰缸。你说的人包括杂货店老板吗？还有里杰伯利？”

“都包括。”

“还有我们可怜的松德布卢姆夫人？”安娜说着大笑起来。

“安娜，这是很严肃的事情。而且非常重要。”

但是安娜继续说道，兴致突然很高：“很重要？你说的重要是什么意思？可能是有意义的？你说的也包括塑料品公司吗？你的意思是他们一点都没有欺骗我？他们是很好的出版商？他们就像顽皮的孩子一样，只是天真无邪地不停向我索取作品……你在开什么玩笑？你到底要告诉我什么？”

“安娜，拜托。”

“他们真没有欺骗我？谁都没有过吗？”

“谁都没有。”

“你是个很奇怪的人，”安娜说，“你先是给我算账，然后再向我证明。你把每个人都说得很坏，然后让我相信你。

接着你又跑来跟我说，说这一切都不是真的？你为什么要这么做？”

她们在靠墙的小桌前相对而坐。安娜盯着卡特丽看，她突然觉得从没遇见过像卡特丽·柯林这样悲伤的人。“你是想讨好我吗？”她问道。

“这你有点误会了，”卡特丽说，“有一件事情你必须相信。我从来不会刻意去讨好谁。我会重复我前面说的话，直到你相信我为止。”

“但是这样的话，我反而不会再相信你了。”

“是的，你不会了。”

安娜探过头来说：“卡特丽，你的某些做法太……”她在寻找着形容词，“太武断了，这不会有好结果。你要不去躺一会儿？”她把自己的手放在卡特丽的手上，“只要一两个小时就好，那时我们或许可以接着谈。”

“太武断了？”卡特丽说，“这不会有什么结果？”她放下香烟，“如果要说一个人武断的话，那也是你。你会把事情朝你所想要的方向去做，我知道的。我会给你写封信。”

“别再搞什么信了……”

“就写一封，而且你不准把我写的信放到你的柜子里。

我会证明给你看，我之前说的话是错的。你曾经说过，我会算账，会证明给你看的。你会被细节说服的，我以前说的是错的。”

“卡特丽，”安娜说，“你可以去打个盹吗？今天一天挺累的了。”

“好吧，”卡特丽说，“是忙了挺长时间了，我走了。”

第三十六章

卡特丽回到她的房间，把行李箱从床下搬了出来。她打开箱子，坐在床垫旁边久久地细心聆听着什么。夜晚非常安静，但是这宁静的夜晚并没有帮助她做出任何决定。无论文字，还是图画；无论是说不出口的话，还是不假思索说出的话；无论是看不懂的图片，还是看得太清楚的图片，都在她的心中徘徊穿梭，最后停在卡特丽脑海中的，是那条狗，那条被认为是像狼一样危险的狗，那条不断奔跑而不得停歇的狗。

第三十七章

这是一个非常重要而且万人瞩目的早晨。安娜很早就出去工作了。她提前一天收拾干净房间，搬了一把很矮小的板凳出来坐下，随身携带着她的画包和水杯。安娜不用画架。画架对她来说是不必要的辅助，太招摇。她尽可能表现得自然一些，把画纸铺在一只手托着的板上面，紧靠着另一只手。早晨的光线是最好的，傍晚时分的光线可能也很不错，但颜色要深一些，而且必须在阴影泛白和消失之前，快速地画完才行。

安娜静静坐着，等待晨雾慢慢掠过森林。她需要彻底的宁静。当每一寸阳光扩散开来时，森林的大地开始重现活力，水汽蒸腾，万物复苏。难以想象，这样的土地上竟充满着像鲜花一样的小兔子。